厦门市优秀中青年个人文艺资助项目
澎澎闽南话有声作品集

练仙讲古

澎澎 编著

海峡出版发行集团 | 海峡书局

图书在版编目（CIP）数据

练仙讲古：澎澎闽南话有声作品集 / 澎澎编著. -- 福州：海峡书局, 2021.11
ISBN 978-7-5567-0881-9

Ⅰ. ①练… Ⅱ. ①澎… Ⅲ. ①散文集－中国－当代②儿歌－作品集－中国－当代 Ⅳ. ①I217.2

中国版本图书馆CIP数据核字(2021)第225472号

责任编辑：廖飞琴 黄杰阳
特邀编辑：叶铭虹 陈斯璐

练仙讲古
——澎澎闽南话有声作品集

作　　　者：	澎澎
出版发行：	海峡书局
社　　　址：	福州市白马中路15号办公楼2层
邮　　　编：	350001
印　　　刷：	厦门中天旭日投资实业有限公司
书　　　号：	ISBN 978-7-5567-0881-9
版　　　次：	2021年11月第1版
印　　　次：	2021年11月第1版第1次印刷
开　　　本：	880毫米×1230毫米　1/32
印　　　张：	4.75
字　　　数：	80千字
定　　　价：	28.00元

版权所有，翻印必究。

序

"厦门方言讲古"国家级非遗代表性传承人 范寿春（口述）

  我是讲古老人范寿春，今年"年仅"94。

  闽南人把说书称为"讲占"，在道光年间就有记载。当时的社会文盲多，很多人不识字，人们就用讲古的形式来传播文化，并一代一代传下来，对社会的文化传承起了一定的作用。

  讲古的流传和民间、和社会有很大的关系。我听说清朝宣统年间，有一位道台到任，晚上微服夜访，到了大街小巷，就看到这里一拨人，那里一堆人，多则十来个，少则三五人。他听不懂闽南话，经过翻译介绍，他才明白。且认为这对百姓接受文化、接受历史、了解风俗习惯很有益处，有利于（引导）社会风气，有利于文化传承。他就拿钱出来，交代买一些桌椅。到了晚上，在空地、在屋檐下、在大厝埕，都可以让人来听（讲古）。就这样，在官员的肯定和鼓励下，讲古场、讲古角进一步发展。据说当时有五十几个地方有讲古场。五十几个所在大大小小，都很方便。椅子一摆，就可以讲。七八个（听众）便可以开讲，有二三十个就算讲古场了。

  我十几岁就在鼓浪屿听讲古。有的讲古仙为的是赚"一路食"，书一卷（在手里），其实没怎么看，跑题都不知道跑到哪去了。一回两镭，说完下台，（听众）一人两镭就交给他了。这是有坐茶桌的——店窗拆了，用砖头垫着，就可以坐了。没坐的，站着听。我没钱，我也站着听。而有些出名的名人、文人来讲古，那就很有水平了。

几百年来，讲古场的命运起起落落，起伏不定，曾经到濒危的（地步）。我在几十年前写过一篇《厦门讲古濒危，亟待挽救》，得到社会的重视。如今的社会，人们感觉还是有讲古的需要，所以即使起起落落，讲古在民间也一直存在。

现在社会这么发达，厦门已经和以前大不一样，不过依然还有一个根本，就是语言。语言是文化的载体。这个载体必须保存，必须弘扬——皮之不存，毛将焉附！讲古是语言的传播，讲古这个国家级非物质文化遗产显得就很可贵。

现在我们广播电台的澎澎讲古师在厦门广播电台的闽南方言节目当中积极地推广、弘扬讲古，并参加社会、社区的活动。《练仙讲古》这本书里有"长古"，有"短古"，有英雄的故事，有民间传说，还有歌谣……这本书的出版，是对厦门方言讲古的一次鼓与呼，能起到积极的传播作用。

2021年6月25日晨

《练仙讲古——澎澎作品有声读本》简介

  《练仙讲古——澎澎作品有声读本》是国家级非物质文化遗产保护项目"厦门方言讲古"传承人江鹏的原创闽南话文艺作品汇编,被列入中共厦门市委宣传部2020年"厦门市优秀中青年个人文艺项目"。

  本书为闽南话文艺作品的有声读物文本集,以文本结合音频的形式,让读者逐字逐句视听并收。书中穿插了以闽南文化为主题的邮票,不论阅读还是收听,都充满"正港"的闽南味。阅读本书请扫一扫二维码,进入"I听厦门"微信小程序点击收听,看得懂,听得来。会不会说闽南话,拢"唔免惊"啦!

目录
CONTENTS

◆ 澎澎讲古 ◆

少年李长庚（上）……………………3
少年李长庚（下）……………………10
苏廷玉审案（上）……………………22
苏廷玉审案（下）……………………27
洪旭锄奸……………………………35
俞大猷回传少林棍…………………42
太监救皇子…………………………48
王阳明和平和县……………………55
留梦戴云山…………………………61
庆让堂的故事（上）…………………72
庆让堂的故事（下）…………………77
歹歹马也有一步踢…………………82
黜箠社区之再拼一个………………89
黜箠社区之愈食愈少年……………94
黜箠社区之最"卤"的事……………98

◆ 原创散文 ◆

你从哪里来…………………………105
梦回吹角连营………………………109
鹭江一隅穿越记……………………113

谁是谁的谁……………………………………118
一样的月光……………………………………122
那一辣的风情…………………………………124
做鸡得笼，做人得反…………………………128

◆ 原创童谣 ◆

一、四季新童谣………………………………133
　　春天…………………………………………133
　　热天…………………………………………134
　　秋天…………………………………………135
　　寒天…………………………………………136
二、落雨天……………………………………137
三、露螺………………………………………138
四、等…………………………………………139
五、食饭皇帝大………………………………140
六、羊仔囝……………………………………141
七、阿兄让小妹………………………………142
八、办公伙仔…………………………………143
九、世界一流…………………………………144

澎澎讲古

少年李长庚（上）

文武双全，海顶一尾龙；
为国为民，厦门李长庚。

今天，我为大家讲李长庚的故事。

这位李长庚，可不是神话中的太白金星李长庚，是咱厦门翔安出生长大的一位海军大将。很多人都知道他是清朝嘉庆年间的总兵大人，大战海盗蔡牵，后来壮志未酬身先死。如今翔安马巷，还保留着他的故居，叫作伯府。不过，你可知道李长庚是如何从一个普通的农村孩子，成长为一名文武双全、为国为民、世代敬仰的大英雄吗？我们就来听一回少年李长庚的传奇经历。

李长庚是厦门马巷后滨人。这个地方的人一般不是种田，就是做点小本生意。李长庚家里也不例外。不过比起街坊邻居，他家更加注重教育孩子、培养孩子。因此李长庚自小就学识字读书，另外还学家传的武功——据说他的爷爷一身武艺，在里社也算是一条响当当的好汉：他出去放牛的时候，手里牵着绳，腰带里插一个根大木钉，他也不用非得找一棵树，或者一根柱子来栓牛，直接就把木钉往地上一按，绑上牵牛绳,这木钉牢牢钉进地里,怎么也不会被牛给拉起来。

当讲这李长庚,读书练武,慢慢成长为一个好品性、有本事、人人夸的少年。"有练有差,没练瘦啡巴",少年李长庚也开始承担家里的活,种田、磨磨、挑担、学着讲生意……很快,他就能独自载货外出做生意了。

一年夏天,他独自一人,挑着一担面干,要到府城售卖——当时同安,是泉州府下辖的一个县。李长庚得到繁华的泉州城去做买卖,顺便也见见世面。

当时的天气不太好,刚下了几天暴雨,雨后又有浓雾。李长庚挑着重货,不顾道路泥泞,不顾时不时来一阵毛毛细雨,凭着扎实的下盘功夫和过人的脚力,很快来到了泉州五里桥。可是走到桥中央一看,哎呀!几天大雨,洪水暴发,这桥中央居然被洪水冲垮了一段,只剩光溜溜的桥墩。还好有人在这断桥之上铺了一些长长的木板,拼接起来,倒也能让人过桥,只不过要多加小心了。

李长庚心里念着:"好佳哉!好佳哉!哪一位古意人,好心有好报。"径直就要过这滑溜溜的木板。不想走到半截,浓雾之中迎面走来一个和尚,四五十岁的样子,穿着陈旧,黝黑显瘦。这下麻烦了。若在平时,这五里桥人来人往,不在话下,可是如今这一段木板，却只容得下一人经过，就是要转身回头，也得小心翼翼。俗话说"功夫若要会，着是仵本地"，李长庚仗着自己一身武艺，一侧身，踮起脚尖，不摇不晃，就这么稳稳地钉在木板边缘，笑嘻嘻地对和尚说："师父，请过桥！"

这和尚也不谦让，笑眯眯地边道谢边从他身边走过，走过的时候还拍了拍他的肩膀，像是一种夸奖："少年好脚数。"

J.106 陈嘉庚诞生一百一十周年

和尚过了木板，李长庚也要继续赶路了。刚要迈开大步，背后却听到这和尚不紧不慢地说："少年家，你是哪里人？"

李长庚回头答道："我是同安县马巷人。"

"你这次离家要几日方能回去？"

"抓紧一点，三日就可以回家了。"

"少年家，你在七日内，若有感觉哪里不舒服，就到龙华寺来找我，切记，不要硬撑，不要逞强。"

话音未落，和尚早已消失在浓雾之中。

李长庚听得有点糊涂，心里也不太在意，急忙赶路，就这样顺顺利利地卖了面干，揣着银两回家了。

没想到一到家门口，人就感觉不对劲。"不对啊，我从来也不会头晕目眩，不曾拍哈呛流目油，怎么突然就感觉胸闷无力？这症状也不像是受了风寒啊！"待到要跨过门槛，突然眼前一黑，双脚一软，就晕死过去了。

醒来的时候，已经是躺在自己的床上，身边围满家人，母亲已经哭得两眼通红。爷爷一见他醒来，赶紧问道："庚仔，感觉如何？"

"爷爷，别担心，就是感觉全身乏力，软得像软脚虾。可能是急过头，躺一下就好了。"

"庚仔！你这是被暗算啦！有人点了你的穴，爷爷烧了药，让你熏药，还运气推拿了一夜，你才醒来，可是穴位没解开，治标不治本啊！你快说你得罪了什么人，我们好去求他，解铃还须系铃人，没有他来解开穴位，你……"

爷爷鼻头一酸，喉咙一紧，没办法，也不忍再说下去了。

李长庚这才想起前几天遇到的那个和尚，以及和尚交代他的话。不禁又纳闷又来气："我与你素不相识，无冤无仇，还给你让路，你为何要暗害我？"

但他毕竟是一个识大体的少年，不是"胛脊心贴薄饼皮——假勇"的人，就边让阿母喂着米汤，边有气无力地把遇到那个和尚的事说了出来。

爷爷一听说："这一定是一位高人。"

"安公，我可没有招惹他啊。他为何要对我下这么重的手？"

"事到如今，我们赶紧去找他，有什么仇怨，当面说清楚。安公知道你是个古意的孩子，在外面不会惹是生非，你放心，我们全家人一起，必定要为你讨个公道！"

一家子赶紧收拾行李，用板车拉着李长庚，趁着天蒙蒙亮，就出发去找那和尚。

一路紧赶慢赶，到了龙华寺，却见一个和尚在庙门口行拳。也不知这是什么拳法，不像"拍拳卖膏药"的那些"拳头师"那样威风八面，虎虎生威，只是刚柔并济，快慢相随。李长庚的爷爷一看，就知道这和尚功力深厚，不是普通的练家子。李长庚从板车上挣扎着坐起来一看，正是那天遇到的那个和尚。一家人还没开口，那和尚已经收了拳架，笑盈盈地走过来说："少年家，我已经等你好几天了。看来你功夫不错，居然过了这么久，我的点穴才起了效果。"

李长庚的母亲急得泪流满面，不断地行礼道："师傅，我家庚仔不懂事，不知道什么地方得罪了你，求求你看在佛祖的面上，救救他吧，我替他向你赔罪，求你发发慈悲救他一命,我们一定会好好答谢你的。"

和尚赶紧扶起李长庚的母亲道:"莫急、莫急,无事、无事!来,把他衣服脱下,我来治疗。"

一家子也顾不得先把李长庚抬到庙里去,就在这庙门口的大榕树下,把李长庚扶下板车,坐在地上,脱了衣服,和尚马上运功推拿。不到一炷香的工夫,李长庚"呃——"地长长打了一个嗝,随即"哗"一下,把之前路上喝的米汤全部吐出来。大家吓了一跳,和尚却长长吐出一口气说:"好了,我解了他的穴,这下没事了。"

全家人正要行礼道谢,和尚说:"大家一路辛苦,都到庙里来,我们吃一杯茶,给这少年喝点粥,我也好跟你们解释解释我这么做的缘由。"

到了庙里,泡茶吃饼,李长庚坐在一旁等着喝粥——原来苍白的脸已经开始慢慢有了血色。和尚端详着他,笑着点头说:"果然是一块练武的好材料。果真万事都讲一个'缘'字啊。"

原来,那日在五里桥,这和尚一看李长庚,就知道是个习武之人。这少年面目清秀,一脸正气,虎背熊腰,和尚一下子就很中意,心里想到:这个孩子以后一定是个做大事的栋梁之材,我这一身武功,若能传给这样的少年英雄,一定可以发扬光大,为国家建立一份功业。后来李长庚侧身让桥,展现出不凡的功力,和尚就轻轻一拍肩膀,暗中点了他的穴,一来让李长庚明白天外有天,以防这个年轻人恃才傲物;二来也留下这么一段机缘,借机了解他的家庭情况,看看有没有当师徒的缘分。

和尚一五一十地说了这么一番话,并表达了他的意思,李长庚的爷爷二话不说,赶紧招呼孙子道:"庚仔,你好有福气,还不赶快跪下磕头!"

就这样,少年李长庚跟这与世无争的高手练武三年,武功更上一层楼,在家乡号称无敌,更重要的是,这隐世的高僧,还教给他爱国爱民的道理,让他开始有建功立业、心怀天下的远大理想。这正是:

做囝仔,懂道理。
少年家,有志气。
多锻炼,勤学习,
拼出自己一片天!

少年李长庚（下）

练出一身好本事，
拄着困难怀认输。
来讲厦门李长庚，
少年出名泉州府。

　　各位朋友，当讲着少年李长庚，一片机缘认识了高僧，学艺三年，练了高深的武功。之后拜别师傅，回到家里，依然还是帮家里干农活，做买卖，只是闲时读书练武，不敢荒废了一身文武艺。这一日，由李长庚和他爷爷带头，村子里的几家农户结伴，挑着家里的收成，以及自制的面干、糕饼等零副食品，一起到泉州府城做买卖。李长庚和同龄的几个后生家有的挑担，有的推着独轮车，老爷爷和几位长辈背着轻便的包裹，一路上有说有笑，热热闹闹。又遇到好天气，冷热适宜，路上微风拂面，处处鸟语花香，大家心情舒畅。与其说是去赚钱，更不如说是一场快乐的远足。

　　到了泉州，大家在熟悉的菜市场里找了做零售食品的几个老主顾，"熟似人好讲话"，互相信任，不必讲价，一手交钱一手交货，很顺利地做好了生意。这时候有个伙伴就提议道："今日好天气，现在也不急着干农活,'罕得几时'大家闲暇,我们可不可以今晚就在城里找个客栈住一晚,也好到泉州城里走走逛逛,开开眼界。"

这话一说,大家的眼光就看向李长庚的爷爷。老爷爷辈分高,出门在外他领头,自然要他来定夺拍板。爷爷笑着说:"也好,今年收成不错,今日既然赚了钱,你们几个后生家也该到府城见见世面,明日我们再打道回府!"大家一听爷爷这么说,都高兴得一阵欢呼。

于是,他们就找了一家客栈安顿下来。爷爷说:"我们几个老头子赶路也累了,就不出去了,老人家跟着你们年轻人,你们也不自在。我们就在这里面泡茶聊天,你们自己去玩。只是记住,不许闹事,不许赌博,喝酒不许过量!"几个年轻人欣然答应,各自带了点碎银子,就直奔泉州最热闹的所在去了。

几个年轻人在城里喝了牛肉汤,吃了泉州汤圆,在泉州古城四处闲逛。这泉州城乃府衙所在,自古繁华便利。商船往来,店铺林立,汇集了海内海外的货物。钱庄、当铺、酒楼……各种店面乃至各派教门庙宇一应俱全,大街上摆摊的、讲古的、挑担卖糖果的、理发补锅的、"拍拳卖膏药"的,来来往往,挤挤嚷嚷。这真是:

繁华刺桐城，天下有名声。
闹热好所在，来了怀甘行。

泉州城既然历史悠久，商业发达，自然也汇集了五湖四海、各行各业的顶尖人才。出名的学者、一流的乐师、出色的手工艺人，乃至各个拳派的武林高手，你在泉州城都能找到。

当讲李长庚他们这一群农村孩子，在城里真是看了个尽兴，逛得个痛快。年轻人爱热闹，自然是哪里人多、哪里喧哗，就往哪里钻。这不，几个年轻人看到不远处人头攒动，听到声浪滚滚，赶紧就凑过去要一看究竟。挤入人群，才看到这是有人在摆擂台！擂主站在偌大的擂台上，打着赤膊，威风凛凛！真是"徛若东西塔，倒若洛阳桥"。李长庚看了，暗暗赞道："真是一条好汉，一定是一位高手。"这好汉身后站着两排徒弟，个个精神抖擞，杀气腾腾。伙伴问李长庚道："庚仔，你看看，这擂台上写的是什么字？你识字，念给我们听听。"李长庚这才看到，擂台正中，挂着圆桌大的三个字："无敌台"，两边又有两排写道："拳打福建泉州，脚踢苏杭二州。"李长庚把这些字念出来，伙伴们都吐着舌头说："好大的口气！"一个同伴偷偷使个颜色，轻声道："你们看左边！"——众人这才看到，左边东倒西歪，躺着、坐着几个大个子，一看就是上去打擂的武师，各自由自己的徒弟扶着、撑着，有的鼻孔塞着草纸，有的手臂肿得像猪脚，有的半边脸都淤青了。李长庚心里一颤，说："下手这么狠！"旁边就有人回答道："这算是伤得轻的了，骨折的、吐血的，都已经抬回去了。"又有人叹息道："'铁掌'李阿庆、'拍虎师'、'红面陈'，甚至徒弟最多的"飞鹤堂"馆主林五也打不过，这下泉州府的武林真的要落势了吗？"

听了这话，李长庚默不作声，他的伙伴却说："庚仔，你打得过这'大个子'吗？"

"打得过怎样，打不过又怎样？"

"庚仔，你听人家说'泉州府武林就要落势了'，你吞得下这口气吗？你若是有把握，就上台露一手，让大家看看，咱们泉州府同安县，就有高手。你也好在这泉州城出名风光一番。"

李长庚连忙摆手道："不不不，学武之人，最不可好强爱出头，爷爷刚才也交代了，出来玩不要惹事。罢了，我们去其他地方走走吧。"

这时候听到擂台上的擂主用官话说："既然不再有人敢上台，那今日就到此为止了。看这样子，这地方也没人能跟我过招了。传说泉州府高手如林，看来都是在放狗屁！明日最后一天摆擂，若再没有人能胜我，我的徒弟这个月就在泉州开馆，告诉各武馆的弟子，都改投我门下，称我为师公，也省得我再一个个拆你们武馆的招牌！"

这话一说，人群里一片哗然，大家议论纷纷，言语里各种不平，却也没有人敢上台挑战。

青春年少李长庚，再谨慎忠厚，看到这情景也无法按捺这一腔热血了。在同伴们"庚仔，你听这话太嚣张了""庚兄，上！"的一片激励下，他大喊一声："且慢！"就一跃跳上擂台，拱手行礼道："同安李长庚，请师傅指点一二！"

擂主看这个年轻人身形魁梧，目光如炬，心里提防三分，道："年轻人，我下手比较重，你若是怕受伤，现在下去还来得及。"

各位，咱传统武术，互相切磋，讲究留力不留招，点到为止。这个擂主这么说，就算是"落套头"了。李长庚艺高人胆大，二话不说，拉好拳架说："多谢提醒，请指教！"擂主冷笑一声，也不多说，马上闪电般地出拳试探。两人就此打得"傀儡无头"，招式快得台下的人看不清楚。

三五十招之后，擂主已经一头大汗，李长庚却越战越勇。擂主想："这年轻人不仅招式严密，体力更好，再这么缠斗下去，我就乏力了。我得赶紧想个办法把他给解决了。"

当讲这李长庚，虽然学得一身好武艺，却是第一次跟人实战对打，基本上没有对战经验，更不懂江湖上的各种机关窍门。他看到擂主步步后腿，出拳也不如刚才有力，觉得胜利在望，更是振作精神，步步紧逼。擂主退到擂台边缘他的徒弟面前，看准李长庚一拳打来，赶紧偏头挪步避开，李长庚当时一看，擂主是躲开了，可是这一拳就得打到他徒弟的鼻子上。这可就过分了，伤及旁人的事他可万万不会做。当时心里一惊，硬硬就收住这一拳。也就这样顿了一下。虽

J.173 中国现代科学家（第二组）
(4-1) 林巧稚

然只有一眨眼的时间，擂主在边上用膝盖一顶，李长庚就岔气了，心里一想"惨了！"，来不及反应，擂主双拳一记"当头炮"，"啪"一声，马上把李长庚轰下擂台！

李长庚立马感觉天昏地暗，赶紧暗中运气，长长吐了一口气，这才感觉能呼吸。只是要站起来，却觉得脚软。他的同伴赶紧过来搀着他，回客栈去疗伤，背后远远听到擂主狂妄地大笑道："不错！老子玩了一天，就这个小伙子还有点意思，能让本大爷费点劲

儿！明日我倒要看看还有没有敢上来玩两下的！"

当讲几个年轻人扶着李长庚，慌慌张张回到客栈。李长庚的爷爷和几位长辈看到这个模样，吓了一跳，爷爷赶紧拿出随身带的药水给李长庚上药推拿，只见他左腹红通通，上药推拿几下，胸口立马一片乌黑淤血。幸好李长庚练得钢筋铁骨，又有内功护体，这才没有伤到骨头和内脏。孩子们你一言我一语，把事情的经过跟各位长辈说了个详尽，并不断跟李长庚的爷爷道歉，有的又惊又急，眼泪在眼眶里打转。

李长庚的爷爷也不说什么，推拿一番，对李长庚说，进去躺着休息吧。

日薄西山，众人就在客栈随便吃了晚饭，也没有兴致再出去看夜景。只是端饭到床头去让李长庚坐床上吃的小伙子跟大家说："饭都凉了，庚兄也不吃一口，不知道是不是人很难受。"有长辈跟李长庚的爷爷说："要不，现在赶紧去请个郎中？"爷爷说："我进去看看再说。"

到了客房，看到长庚坐在床头发呆，饭菜一口没动。爷爷坐下来说："很痛吗？"

"没事的爷爷，一点小伤。"

"那怎么不吃饭？"

李长庚没答话。

"爷爷知道，你是不甘心。"

一听这话，七尺男儿李长庚鼻头一酸，差点就要掉下泪来。第一次比武，出师未捷，他不是太难过；当众被打下擂台，他也不是太难过；一身伤痛他更没有放在心上，可是，自己的善良被利用，自己被不光彩的手段打败，他委屈，他不甘！

爷爷长叹一口气道："哎，你啊'牛仔怀别虎'。天下这么大，江湖多少七七八八的套路，你哪里会知道。这也不是坏事，'食亏着是赚钱'，这次算是让你知道知道，行走江湖，得多长几个心眼啊。"

"可是，我……"

"如果你们几个刚才说的属实，这个外地人确实也太猖狂。切磋武艺，下手没有这么重的。为了取胜，还让自己的徒弟承担风险，更是不地道。对这样的武林败类，若是我年轻个二三十岁，我也想教训教训他！"爷爷说这话的时候，语气突然重了起来。

"爷爷，我想再跟他打一次！"

爷爷没有说话。

"爷爷，我不是为了自己的名声，也不是为了计较一招半式，我只是想，灭灭那人的威风，也让他日后不敢在这里横行霸道，欺压武林同道！"

"好！"爷爷这一声喝，房瓦都快被掀翻了。

"既然你今天受的只是皮外伤，那明日你再去挑战！不过，不要再傻傻靠你这一身蛮力，要懂得变通，动动脑筋。爷爷教你……"

当下,爷爷就把对敌之策跟李长庚说了个清楚,爷孙俩还马上拆招演练了一下。

第二天,李长庚休息到下午,恢复精神,信心满满,独自一人又来打擂。其他同伴呢?吓破胆不敢跟他来吗?不,他们根据爷爷的布置,另外有所安排了。

擂主今日在擂台上等了一天,也不见还有人敢来打擂,正打算要收了,却见李长庚又跳上台来,行礼道:"昨日让师父指点一番,受益匪浅,今日再来讨教!请师父赐招。"

擂主大笑道:"小子,你还真不怕死,看来爷爷我昨天打轻了,今日你自己还要来找死,万一有个三长两短,我可是不负责的哟!"

这时候,擂台下来来往往的人看到昨天那个被打败的乡下小伙子又来打擂,马上又聚拢过来,擂台下很快又人山人海了。

李长庚摆好架势说:"拳脚无眼,生死有命,师父不用放在心上,学生只是知道,武功无止尽,为人要谦虚;而我闽南子弟,不是那么容易认输的。"

"那就别怪我出手无情了!"擂主话音一落,一脚就如铁棍一般横扫过来。

这一番,又是一场大战。擂台下的观众,看得心头"砰砰"直跳,手心暗暗出汗。几个回合后,李长庚且战且退，也退到这擂主的弟子们面前。擂主心里发笑道："这傻小子，还想'以其人之道,还治其人之身'。可惜你不知道，大爷我才不像你这么怂，我的拳是不会停的，你休想偷袭我！"

擂主一拳打出去，李长庚赶紧后撤，这擂主可不像昨日李长庚那样赶紧收拳，也不停下来，"啪啪"两拳，他的徒弟想躲也来不及，就被自己的师傅打飞出去。可是李长庚却不像昨天那样在边上攻击对方的腰部，爷爷料准了，这个擂主既然舍得拿自己的徒弟当靶子，一定不会收拳停顿，昨夜已经跟李长庚演练好了，就从背后攻击。

擂主一拳出击，这身法就收不回来了，眼前、侧边都没看到李长庚，心里就想到："惨了！"

只觉得腰椎一波重击，正是李长庚游行到身后，趁他身法收不回来，一个正蹬，"啪！"一下，把擂主蹬下擂台，摔了个狗啃泥。

众人看到擂主被打下擂台，一片鼓掌喝彩！李长庚为大家出了一口恶气！

这擂主被徒弟扶起来，想要坐，却是坐也坐不起来，话也说不出了，只能嘴里"哼哼"，这脊椎就算没断，估计也受了重伤了。

李长庚正要跳下擂台问问伤势如何，没想到这擂主的一个徒弟突然大喊一声："都给我上！"

这一二十个弟子马上冲李长庚围过来，有的拿着棍棒，有的甚至还举着刀剑！

李长庚吓了一跳，双拳难敌四腿，"乱拳拍得死拳头师"，他赶紧双掌拍翻堵在跟前的两个，夺路而出，一路狂奔。后面十来个人大呼小叫，紧紧跟着，这真是"怀担输赢"。

李长庚却不是没方向地乱窜，他一路直奔码头。到了码头，正是退潮时候，一大片滩涂尽显。只是这滩涂上，不知为何，竖着一根又一根撑船用的竹篙，排列一排，刚好从岸边插到海面上。远远地他看到海面上的小船里，有他的同伴在船头大喊道："快上船！"

好个李长庚，纵身一跃，从岸边跃上船篙，提起一口气，用上"蜻蜓点水"的步法，接二连三跳过这些竹篙，最后轻轻地落在一艘船上。船头正是他的爷爷在等候着，看到他笑眯眯地说："好势！勢囝！"

原来，这是爷爷为了防止那个擂主不守江湖规矩，要加害李长庚，提前安排的后路。这些船是常年来往于泉州和同安的小商船，爷爷找了熟人，请船老大帮忙，以防万一，不想真的派上用场。擂主的徒弟们没有李长庚那样的轻功，要穿过滩涂，一个个都陷在泥里，动作缓慢，只能骂骂咧咧，眼睁睁看着李长庚他们扬长而去。后来，这擂主落下这么一个重伤，难以再行走江湖，不仅当天就灰溜溜地离开泉州府，也从此退出武林。而李长庚这个名字，却在泉州武林传开了。李长庚回到家，却没当作一回事，虽然他扬名泉州城，村里人都当成最热门的故事人人在议论，个个都夸奖，他还是安安静静地种田、读书、练拳。

不久后，朝廷再一次开科取士，李长庚就去应考，最后在21岁那年考中武进士，到京城任职，从此，开始他的军旅生涯。中国古代的海军水师，又升起一颗耀眼夺目的将星。这正是：

初出茅庐第一战，
惩恶扬善是当然。
不看出身问前程，
自古英雄出少年。

苏廷玉审案（上）

今日讲古讲一段，
为民做主父母官。
清廉正直有魄力，
如今四界有名声。

各位朋友，咱中国自古就有很多破案、审案的故事。故事的主角一般都是一个好官。最出名的就是包公了。另外，还有狄仁杰、施世纶等等。他们的故事被汇编为《包公案》《狄公案》《施公案》，演绎为戏曲，长久以来一直受到老百姓的欢迎。不过，这些故事大部分是创作出来的，是想象出来的，并不全是历史上发生过的事。你可知道，我们厦门也曾经出过一个大官，他也在很多地方，被视为审案的高手。而且，他清廉、正直，是古代一个典型的优秀的父母官。这就是厦门翔安的苏廷玉。

苏廷玉从小家境就不好。在厦门岛内的玉屏书院读书时，老师甚至因为他的贫穷且努力，主动资助他。后来终于出人头地，考中进士，当了大官，算是改变命运，也光宗耀祖。不过他当官可不是为了功名利禄，而是一心为国为民。苏廷玉在许多地方当过官，比如苏州、山东、四川等地方，所到之处，都给当地老百姓留下很好的印象，留下很好的名声，以至于到现在，很多地方都还流传着苏廷玉的事迹和传说。为什么？一来人很"有板"，各种差使他都能办得很"水气"；更重要的是，有一颗当官为民、大公无私的心。

在山东、四川等一些地方，至今还流传着苏廷玉审案的不少传说。他也是一个审案高明的"青天大人"。古时候为什么冤案、错案很多？因为审案的官员都不追求真相，只为应付了事，就像你看戏经常看到的那一句"不招就大刑伺候"，往往屈打成招。而苏廷玉审案的一大原则，用他自己的话说就是"宁失有罪，不以苛刻为能"。一切讲究证据，凡事实事求是。

有一年，苏廷玉在四川做按察使。按察使管的是司法，也就是办案的。他一上任，就调阅卷宗，巡查各府各县。遇到还没结案的，就一一调查个一清二楚。这天，苏大人在富顺县看到有一桩案件，案犯已经判定死刑，即将问斩。死刑这可是牵扯人命的大案子，一定不能马虎。既然还没杀头，他就要了解清楚。于是边看卷宗，边问县官：

"一下子要斩两人啊。李氏，彭二板。什么罪牵涉两条人命？"

"回大人，这民妇李氏，与这彭二板有私情！彭二板是李氏家的佣工。"

"啊！有私情怎么就要杀头？我大清律法可没有这一条。"

县官笑道："大人有所不知，这二人啊，怕顺英败露他们的奸情，合谋杀人了！李氏是主犯，这彭某是从犯。杀人偿命，自古以来就天经地义啊。"

苏廷玉边听边看，这卷宗上也写着，李氏和彭二板，合谋杀了一个叫顺英的姑娘。顺英的哥哥来报案的。顺英的尸体，已经找到了——她是被绑起来，系着大石头，丢到一个潭子里溺死的。杀人还兼藏尸，这两个案犯真是想得"摸蟟仔洗裤——一兼二顾"啊！

苏廷玉道："着实阴险可恨！只是，这顺英姑娘和这李氏，有何冤仇，李氏一个妇人家居然敢知法犯法，痛下杀手？"

县官说："哎哟哟！顺英这个姑娘可怜啊！她呀，是这李氏家里的童养媳。自从到了李氏家，就被这姓李的虐待啊。据说啊，大大小小的家务都得干，也得当'幼嫺'，也得当'粗嫺'。吃的都是婆婆家里剩下的，真是'米潘做汤，洗鼎水汤，没汤将饮搅盐是也做汤'。剩得多就多吃点，剩得少，就得饿肚子。另外啊，婆婆一有点不满意，想骂就骂，想打就打，煮淡了说'无咸不成甜'，煮咸了说'拍死卖盐的'，小女孩手臂总是带着伤痕。还有那作死的彭二板，跟女主人有私情不说，没人的时候还偷偷对这姑娘动手动脚,'食碗内,看碗外'哦!"

苏廷玉听得又悲又愤:"哼!真是岂有此理!既如此,就等候问斩吧!"

当天办了公事回去,苏廷玉疲惫地躺在摇椅上吃茶,心里却不轻松,隐隐约约总觉得还有什么事放不下。他闭上眼,详细把今天做的工作在心里复盘了一遍。基本上问的每一件事,处理的每一份文件都很完美啊。就这么边想着,一直到了晚饭的饭桌上。突然,苏廷玉想到了什么,眼睛睁得大大的,嘴里还含着饭,对下人道:"备轿去衙门,叫办案的都过来!"

下人道:"老爷,吃了饭再去啊。您都吃不上两口,汤都还没上呢。"

"且放着,回来再热了吃。现在赶紧走。"

到了衙门,县太爷都还没来,苏廷玉又把顺英那个案子拿过来细细端详,暗暗思考。

好一会县官、师爷、公差才到,他们可是吃得肚子圆滚滚的。苏廷玉闲话一句也不多说,直接问道:"顺英的尸体何在?"

这一问把县官问懵了。他哪里想到苏大人还揪着这个案子不放。师爷赶紧说:"回大人话,顺英啊……哦!她哥哥领了去。及早入土为安啊。"

"哦。本官还想着看看这尸身——我且问你们,你们是如何找到顺英的尸体的?"

一个差役道："回大人，当日顺英的哥哥来报案，我等拘了李氏和彭某，他们拒不认罪。我们无凭无据也不能冤枉人，是吧？"

苏廷玉点头肯定道："那是自然。"

"老天有眼，后来绑着顺英的那绳子松了，尸身浮出水面，这才被我们找到的。"

"哦。那你们如何断定，这尸身就是顺英？"

这一问，又把当差的问傻了。他们面面相觑老半天，县官说："回大人的话，呃……咱这里一年来，也就这一桩命案，这尸首……这尸首啊……不可能是其他人吧……对，肯定不会是别人！"

苏廷玉一听，长叹一口气道："怎么说你们啊……没有其他命案，可不能证明这就一定是顺英的尸体啊。"

县官赶紧道："大人，这案犯可是都已经招了，也押了手印了！"

苏廷玉冷笑道："废话！本官到了那么多地方，做了这么多年官，还不知道这招供，有多少人是真心认罪，有多少人是被你们的手段逼的吗？这案子不能就这么过了，明日本官要重审案犯！对了，把顺英的哥哥也带过来！"

苏廷玉要重审顺英案，会审出什么样的结果？我们下一回继续讲。

苏廷玉审案（下）

各位朋友，上回说到，四川按察使苏廷玉重审顺英一案。差役一带上李氏和彭二板，二人扯着嗓子哭喊着"冤枉"，公差怒斥"肃静"也无济于事。

苏廷玉见这二人伤痕累累，李氏连跪都跪不住了，趴在那里，便知道这二人在公堂上吃了不少苦，一定是被上大刑了。

苏廷玉当面问了来龙去脉，李氏对她虐待顺英，供认不讳。原来李氏的儿子在外地跟着别人做生意，事业起步，忙得不可开交，因此迟迟没有回来成婚。可是李氏对杀人一事，拒不承认，说："老天有眼啊！民妇我鸡都没杀过，哪来杀人的胆子啊！这顺英是自己跑了，跑哪里去我也不知道啊！老天爷啊！我发誓我没杀人啊！"

县太爷怒气冲冲，骂道："大胆刁民！本官已经把本案问了个一清二楚，顺英不是被你们这对奸夫淫妇给打死了丢潭子里，就是被你们活活沉到潭子里溺死了！你们都已认罪画押，如今想要狡辩翻供吗？我看是还没打够吧！来啊！"

苏廷玉脸色一沉，低声斥道："你住嘴！动不动就要用刑，还要审案作甚？不如直接打死算了！"

李氏之前被屈打成招，后来知道自己要被杀头了，命都要没了，哪里还怕被打？这下硬是否认杀人，直喊冤枉。

苏廷玉说："之前你们招认三月初一杀了顺英，这一日是你们随意说的吗？"

"大人啊！青天老爷明鉴！三月初一是顺英离家出走的日子啊，县官大人认定我们是那一天杀了顺英，民妇冤枉啊！"

苏廷玉吩咐带上顺英的哥哥。

顺英的哥哥顺明之前到外地打工，赚了钱要回家看妹妹，却找不到妹妹，问李氏要人。李氏因为虐待顺英，而且一时也找不到人，说得吞吞吐吐。后来顺英的哥哥去向街坊邻居打听，才知道妹妹在李家吃尽了苦头，又听说李氏有私情，便咬定是李氏杀害了自己的妹妹，方来报官。顺明上了公堂后苏廷玉问道："你可有看到你妹妹的尸身？"

"有啊，师爷让我去看了，可怜我妹妹，那面目都已经被鱼给咬得千疮百孔，不成人样了！"说着说着就哽咽了。

苏廷玉一听，眼睛睁圆，问道："面目都被鱼啃坏了，你又如何知道这是你妹妹？"

顺明可没想到这一点，他吞吞吐吐道："我妹妹……我妹妹被这老妇人害得那么惨，一定是他们杀了我妹妹，还会、还会有别人吗？这这这……大人，你可以去问问，乡里乡亲都知道，这个'虎姑婆'，对待我妹妹那是有多狠心啊！"

苏廷玉道："可是，你还是不敢肯定，那尸身就是你妹妹，对吗？你若肯定，就告诉本官，那尸身有哪几点能看出是你妹妹？"

顺明说不出，只是一直说："不可能是别人，就是我的被害死的妹妹，哪里还有别人啊。"

苏廷玉宣布："本官要重审此案，案犯候斩裁决且先行撤销。今日先退堂！"

退堂后，苏廷玉还要就此案问话，县官和师爷道："大人，这是裁定了的案件，且就这么了了吧。"

"荒唐！人命关天，哪里可以随意了了，本官知道，之前你们就是屈打成招。"

"大人，我们没有冤枉人，证据确凿啊！李氏虐待童养媳，这就有了作案的动机。方圆百里，就这么一具女尸，三岁小孩都想得到，这肯定就是顺英了啊！"

苏廷玉"哼"了一声。县官知道自己说得太过火了，忙道："下官失礼，大人息怒。"

"你若有理，失礼也无妨。我且问你，你们判定三月初一李氏杀了顺英，你们又是何时找到尸体？"

"呃……"具太爷忘了这日期，赶紧给师爷使眼色。师爷也答不上来，只好满头大汗去翻卷宗，找了半天才回话道:"哦,小人想起来了,七月初二,顺英的哥哥来报案,嘿!也是巧了,七月初十,就有人来报案城外的潭子里有一具女尸,我们当天便去打捞了起来。"

"哦。打捞起来,只是面目毁了?"

"正是。尸身完整,只是面目全非。"

"如此算来,顺英沉潭一百三十天有余,尸身不烂,只是面目被鱼啃坏了?你且丢一头死牛进去个一百天,看看会成什么样!"

"这……"

"若按你们的判断,本官就能确定,这尸身一定不是顺英!本案必须重审,李氏虽然可恶,却罪不至死!"

"那……那……那从何审起?"

苏廷玉想了一想,问道:"那潭子可有归属?"

"有,是城外张老财的。"

"带他来问话。"

当天下午差役回报,说张老财去外地做买卖,估计还得半个月才能回来。

这下苏廷玉也有点棘手了。他重新理清思路,想找到案件的突破口。

没想到过了两天,苏廷玉刚想找李氏问话的时候,差役把顺英的哥哥顺明带到衙门来了。顺明还带了一个姑娘，这姑娘还抱着个娃娃。

顺明跪着说："大人，草民该死，草民不该冤枉人。"

苏廷玉道："哦。从何说起？"

"大人英明，那尸体着实不是我妹妹顺英——大人，这才是我妹妹顺英！"

"啊！"苏廷玉吃了一惊，赶紧问是怎么一回事。

那姑娘跪着说："小女子顺英见过大人。小女子也不知道会惹出这许多事端，求大人宽恕。"

原来，这顺英姑娘受不了婆婆李氏的打骂，三月初一趁着婆婆出门做客，就私自跑了。一个姑娘家，身无分文，漫无目的，慌慌张张，一口气也走了百里地。最后实在是又饿又渴，看到有一个木匠在给人做家具，便鼓足勇气，去跟那个木匠讨水吃。那木匠是个单身汉，也不知是大发慈悲，还是有私心，反正不仅给了顺英水喝，干完活还带她去吃饭，甚至收留了顺英。一来二去，顺英大概是走投无路了，看这木匠人也还本分，就嫁给他——这不，两人的孩子都满月了。

顺英一走就一年工夫，看着孩子满月了，心里估摸哥哥应该也回家乡了。这事得报以哥哥知晓，对那个没做成婆婆的李氏也得有个交代。这下自己哥哥回家了，还有了老公，也不怕那恶婆娘计较，便带了老公孩子，回家乡来。不想一到里社，邻居见了顺英，以为大白天的见了鬼，吓得屁滚尿流，赶紧去喊她哥哥顺明。这下兄妹相认，顺英才知道这一年里，发生了这许多波折。

顺明知道苏廷玉大人正在重审顺英一案，欺瞒官府的罪过他可不敢担，因此快快领着妹妹，来见了苏廷玉。

苏廷玉说："这真是你妹妹顺英？你有何证据？"

顺明心里又是"噗通"一跳，想着"这位官老爷，又在想哪一出？"嘴里赶紧道："大人啊，这真是我妹妹顺英啊，这嘴巴鼻子眼，我还认不出来吗？你老人家仔细看看，我们兄妹还有几分相像呢！要不问问邻居们，他们也都认得是我家顺英！"

"哈哈哈！"苏廷玉笑道，"顺明啊顺明，当日你没认得那一具尸体的面貌，不就信誓旦旦，说见着你妹妹的尸首吗？哎呀！你葬了那来路不明的尸首，也算是做了件功德吧？只是那墓碑可得赶紧去改哦。"说完眼角瞥了一眼县官。

县官头低低的，红着脸，只顾行礼道："大人果真明察秋毫，真是神人也！下官惭愧，惭愧。"

此案算是水落石出，顺英探亲之后，跟着丈夫回去过日子。李氏和彭二板算是阎王爷门口走了一圈，总算没成刀下冤魂。李氏经过这一劫，也不敢跟顺英计较。整个省城，都在传说青天老爷苏廷玉心思缜密，有着一双火眼金睛。

可是苏廷玉在衙门又问了一句话:"那么,这尸首又是谁呢?"

这一问,又把衙门的一干差人问住了。

苏廷玉心里当然也没有答案,他想,可能这个谜团的突破口就在潭子的主人张老财身上。

不几日,张老财回来了,很快就被公差带到衙门审问。

张老财知道顺英一案已经满城皆知,市井中近来人人议论。他到了公堂上吓得直哆嗦,苏廷玉一问话,就坦白交代。有一天夜里,他在家里依稀听到水潭有动静,隔天一看,却见水面上浮着一具女尸。他怕出了命案,官府调查起来,自己受牵连,便用石头绳子把这女尸捆了沉到潭底。哪里想到,绳子捆得不结实,泡水里泡松了,虽然一头还绑着石头,这尸体也是浮了起来。

苏廷玉问道:"这女尸你可认得是何人?"

张老财道:"大人,小人若是认得,早就报官了,哪里敢欺瞒?这女的小人真是从未见过,一定不是本地人。"

"你可记得模样?"

"回大人,略记得几分。"

苏廷玉便让张老财描述了五官,着人画像到各县城张贴。半个月后,从其他县衙传来消息,原来是其他地方的一对夫妻,一直感情不和。当时一起外出办事,一路争吵,到了富顺县的时候,更是"五鬼对冲锤扛铁",做妻子的一气之下,居然寻了短见,跳潭而死。做丈夫的更是绝情,老婆不见了,他不闻不问,不管不顾,就自己溜了。这夫妻二人的各种事端缘由,另加查访。至于顺英一案,至此算是一清二楚,正式结案。苏廷玉的大名,也传遍巴蜀各地。

除了今天的故事,苏廷玉还有许多其他审案的传说。有的桥段甚至让民间讲古师加以想象,添加鬼神的元素,更加离奇有趣,并搬上戏曲舞台。歌仔戏里也有一些关于苏廷玉的戏,曲折精彩。苏廷玉的故乡是厦门翔安的澳头,那里至今还有苏廷玉的一些遗迹,有时间的话,不妨到澳头吃海鲜,赏文物,凭吊这位名臣的风采。最后,我们来欣赏一首苏廷玉的诗:

万仞峰头眼界开,
凌云意气薄层台。
要知俯视饶奇峻,
总藉山灵刻画来。

洪旭锄奸

梦回吹角连营,
想起往事一段。
大将智勇双全,
谈笑间见输赢。
当年风云岁月,
如今留下地名。
要问何人传奇,
我来讲你知影。

各位朋友,大家知道我们厦门的鹭江片区,有一个地名,叫洪本部。这个名字是怎么来的呢?是在古代的时候,郑成功有一个部下叫洪旭。他在厦门有一个兵部衙门,叫作本部堂。后来,这个机构——也就是洪旭办公的地点周围的这一片,厦门人就称为洪本部。

这位洪旭是一位了不起的人才。作为郑成功最倚重的部下之一,他为郑家两代人尽忠尽职,有很大的贡献。厦门人也对他很有印象。甚至我们重要的节庆风俗"中秋博饼",传说也是他发明的。现在专家考证,可能性并不大。但是在当年那个风云四起的时代,他确确实实做了一些大事,今天我要说的,就是其中一个真实的故事。

当讲1660年,郑成功在厦门的海面上大败清军。这一次的胜利意义很大。其一,让郑成功从北伐失利的困难中走出来,巩固厦门和金门这两个根据地。其二,顺势让郑成功捉到了军队里的一个内奸。这个内奸,叫陈鹏。

知道有内奸,直接逮捕斩首就好了,还有什么好说的?可是郑成功并没有这么直接。为什么?

因为这陈鹏,是他手下一员重要的大将。有多重要呢?重要到他带领着郑成功的右虎卫,镇守的是厦门重要的咽喉所在,坚固的堡垒高崎寨。

今天你经过厦门大桥,要进入厦门岛的时候,就可以看到当年高崎寨的遗址。这个地方在古代军事上是非常重要的兵家必争之地,算是厦门的一个门户。那右虎卫又是什么呢?

这右虎卫可不得了。郑成功反清复明,最厉害的一支军队,叫作"铁人军"。能举起五百斤的石狮的人,才有资格作为"铁人军"的候选人。这支军队的士兵打仗的时候披铁裙,戴铁帽,带弓佩箭,一人一把斩马大刀,可以号称刀枪不入;战斗的时候纪律严明,英勇无惧,所向披靡,曾经多次把纵横中原的清军骑兵杀得七零八落。国姓爷充满自信地说这支军队

"似此可纵横天下矣"！

这铁人军在编制上分为左虎卫和右虎卫。左虎卫在北伐失利中几乎全军覆没，右虎卫却还人员齐整。所以陈鹏可以说是率领着郑成功最重要的一支精兵。郑成功这么信任陈鹏，又器重他，不想"饲鸟鼠咬布袋"，这陈鹏居然暗通清兵，想要在战斗中背叛国姓爷，并由此投靠清军。还好在战斗中，他和清军勾结

2001-27 郑成功收复台湾三百四十周年
(3-1)J 闽海雄风

2001-27 郑成功收复台湾三百四十周年
(3-2)J 箪食壶浆

2001-27 郑成功收复台湾三百四十周年
(3-3)J 日月重光

的计划"人算不如天算"，没有成功。郑成功也有惊无险地取得大胜。胜利之后，这陈鹏反叛的诡计不成，还一样做他的大将，一样守护高崎寨，他不知道郑成功已经知道他的阴谋了。国姓爷秋后算账，"九领牛皮做一下赶"。可是陈鹏手握重兵，又盘踞重要的堡

垒，郑成功自然要谨慎下手，以防万一。他心里安排了一个计划，只对几个最亲信的手下说，并让他们按计划行事。这个计划最关键的人物就是洪旭。

洪旭得了国姓爷的密令，就挑了二十个勇士，坐一艘小船，到高崎寨来。还没靠岸，早有在高崎寨的塔台上守望的兵士去报告陈鹏。陈鹏也不会去想国姓爷要处理他，反而猜想，国姓爷是要洪旭作为代表，来表彰他的——毕竟在这一场战斗中，他的铁人军英勇杀敌，也有一份功劳。于是就开营门，亲自出来迎接洪旭。

洪旭下船上岸，只带了两个随从。一看到陈鹏，满面笑容行大礼，又是恭贺又是称赞，说："陈总兵啊，这次海陆两头大战，幸亏有你啊！我们这一战真是难啊，若没有你用兵如神，哎呀，这结局还真不好说啊。"

"哈哈哈哈哈！洪大人，洪兄弟，你言重啦！这是咱国姓爷神机妙算，指挥有方啊。"

"国姓爷自然运筹帷幄，指挥得当，可是你知道吗，现在军中的兄弟们，各路总兵，议论得最多的还是陈总兵你啊！他们甚至说，将军你的武功计谋，不输给古代的名将啊！就是韩信、岳飞他们，也不过如此！"

"哎呀，兄弟们太抬高陈某啦！不敢当，不敢当啊！"

　　两人边说边走，进入营中。陈鹏安排酒宴款待洪旭。两人把酒言欢，喝得多，说得也多，洪旭在每一次敬酒之前，都会表示他对陈鹏的崇拜，转达其他将领对陈鹏的赞美。摆满酒席的，除了海鲜和美酒，还有欢声笑语。

　　喝完酒，洪旭告辞。陈鹏亲自送他上船。走到营门，洪旭又称赞道："看这营门，修得真是固若金汤。当年周亚夫的细柳营，也不过如此。"

　　"哈哈哈，洪大人，你醉啦！"

　　"我这是酒后吐真言啊！将军真是难得的良将，藩主有你这样的大将，真是他郑家的福气啊！"

　　"不敢，不敢！哎呀，你走好！夜黑风高的！来来来，我扶你！"

　　"什么不敢！清兵仔才不敢！你看这海面，波涛起伏，我一看到这片海就想到将军你那一日的神勇！你对这潮信的掌握，就好似海龙王也听你的号令一般！没有这样的神算，我军如何能让那清兵仔的尸体铺满这海面？"

　　洪旭正在大发感慨，回头一看，陈鹏左右跟着几条好汉，穿盔甲配大刀。洪旭转身笑道："嘿嘿，我跟你们将军，这么多年的交情了。今天特地来恭喜他的。你们将军看我贪杯，特地送我到岸边。你们看，我们话都说不完,太多心里话了。哎呀,你们带着刀跟着我们做什么?难道怕我会有什么阴谋诡计?要不要搜搜我身上有没有刀?"

陈鹏大笑道:"洪大人,老兄弟,你真会说笑!"又对左右说:"听明白洪大人的意思了吗?我们老兄弟聊天散步,你们还不快退下!"

手下赶紧退下,只有一个管家,陪着二人。洪旭一路走,一路说,说得陈鹏心花怒放,陶醉其中。一直到海边,洪旭坐的小船就靠在边上。洪旭正式和陈鹏告辞,又作揖行礼。陈鹏也赶紧弯腰作揖。就在这时,在苍茫夜色的掩护下,小船里突然闪电般地跃出十来条好汉,趁着陈鹏弯腰还没起身,就把他扑倒在地,然后有的锁住脖子,有的抓手,有的抓脚,配合默契,陈鹏连话都喊不出来,就被扛到船里了。等到岸边的管家扯破嗓子要喊来护卫,一边连跑带爬地到军营里求救的时候,洪旭的小船早就驶入茫茫大海。

在船上,洪旭任凭被绑得像肉粽的陈鹏一会求饶,一会破口大骂,一会一把鼻涕一把泪得哭号……洪旭随他大呼小叫,一声不吭。

再说这右虎卫,看到镇主被抓,赶紧集结军队,开出战船,要来营救。到了海中央,还没追上洪旭的小船,却被一艘大船挡住。船头站着文官武将各一。右虎卫里有几位领队,认得这是陈璋将军和主管军法的刑官程应璠。程刑官手举一卷手书。顺着海风,右虎卫的弟兄们听他大声说:"此乃藩主亲笔令状,陈鹏通敌当斩,几位领队弟兄,且到我船上听令!"

于是几位领队的,来到陈璋将军的船里。程应璠为他们读了郑成功亲笔下达的命令,一一说出陈鹏如何暗中勾结清军的罪状,并说明各位弟兄毫不知情,不知者无罪。于是,右虎卫的弟兄们回去,守好高崎寨,静静等待他们的新长官。

另一头,洪旭亲自把陈鹏押到郑成功的大营里。国姓爷当面质问,并一一列举陈鹏的罪状。陈鹏一句话也说不出口了。这陈鹏的下场,当然是死得很惨的。而对于洪旭来说,用计如戏,全靠演技。这一次成功抓到陈鹏,只是他这一辈子所经历的大风大浪里的一项普通任务而已。

俞大猷回传少林棍

匣内青锋磨砺久,连舟航海斩妖魑。
笑看风浪迷天地,静拨盘针定夏夷。

开场这四句诗,作者是明朝中期的一位将军,福建泉州的俞大猷。

那个时候,咱中国的东南沿海,来了很多日本的倭寇。这些人当中有许多破产没头路的武士。他们武艺好,人品差,入侵我们从山东到广东一带的沿海地区,烧杀抢掠,干尽坏事,把老百姓害得家破人亡,非常凄惨。大明朝最好的军队都在北方,南方各个卫所的军队几乎无力打仗,一个字,就是"烂";两个字,就是"真烂";三个字,就是"烂糊糊"。还好,有几位为国为民的将军,以自己出色的军事素质,保家卫国的决心,训练军队,水陆并进,消灭倭寇。其中最出名的,就是戚继光和俞大猷,当时就被称为"俞龙戚虎"。

俞大猷品德高尚,文武双全。他通晓《易经》,武艺高强,会赈灾,会打仗,会练兵,会设计兵车,至今还流传着他的诗词、军事理论和武术著作,不仅是一位16世纪的军事家,而且是一位对中华传统武术有着很大影响力的武术家。今天我们说的,就不是俞大猷在战场上的故事,而是在武林中的一段传奇。

嘉靖四十年,俞大猷从山西大同,被调往南方。在这途中,他经过河南,专程抽空去嵩山少林寺探访了一番。为什么特地有这个安排?大家都知道少林功夫天下闻名,所谓"天下武功出少林"。每一个武术家,都希望有机会去少林寺走一走看一看,俞大猷也不例外。另外,他这一趟拜访,心里还带着一个情结。

当时俞大猷已经是名满天下的抗倭英雄,这样的大人物来到少林寺,少林寺当然很重视。住持小山上人亲自接待,带着俞大猷游览了少室山的各处景点。当然,最重要的是让俞总兵检阅一下少林武功。

那一日,少林武僧精神抖擞,一起表演了拳法、棍术,还演练了对打,看起来真是生龙活虎,乒呤乓啷,热闹非凡,连住持自己也很满意,微笑点头。回头一看俞大猷,总兵大人居然面无表情,好像还有点走神了。

俞大猷这个时候眼里看着少林和尚们的武术演练,这颗心确实已经不在少林寺了,而是回到了从前,回到了有海、有岛、有南音的故乡闽南。

那时候他还是青春少年家,从泉州府城特地来到同安县,拜访天下闻名的武林高手李良钦。李良钦当时在同安县的乡下和深山里组织武术社"忠义堂",

搭建堡垒"安龙寨",带领乡勇练兵习武,以老百姓自己的力量组织抗击倭寇。而他拿手的荆楚长剑,以棍为剑,以剑法融合棍法,号称无敌。

俞大猷当年以一片真心打动这位武林宗师的心,李良钦把荆楚长剑的技艺倾囊相授。一直到有一天,师徒对练,李良钦使出绝招,去打俞大猷的手臂。俞大猷居然没有中招,还能还手,做师傅的就停了下来,高兴地说:"再不用多久,你的剑法就天下无敌了。"俞大猷艺成下山,靠着师父传授的武艺,降服土匪、抗击倭寇,立下赫赫战功。师父的恩情,他一直感恩在心。师父说过,他的武功,特别是这一手棍法,其实本来自少林寺。当时俞大猷就想象,少林武功有多么高深,因此,这一次,他是专程带着一份敬仰、感恩,甚至学习的心来到少林寺的。

可是眼前这一群和尚演练的武术,特别是棍法,和李良钦恩师教给他的差别很大。"外行看热闹,内行看门道",和尚们虽然木棍挥舞得威风凛凛,在高手俞大猷看来,只是虚有其表,没有实战的能力。

武僧们演练完毕,小山上人知道俞大猷是内行的武术家,不论出于客套,还是出自真心,总是要请总兵大人指点。俞大猷想了想,走到校场里,随意抄起一根木棍说:"俞某跟师傅们过几招,请诸位师父指教。"

小山上人和少林武僧们有点犹豫，俞大猷道："俞某所学武艺，脱胎于少林。你们看，我今日便装来访，便不以朝廷命官的身份，乃是以练武之人、武林同道的身份来向各位师傅讨教，大家不必拘谨，请一定多多指教！"

于是，少林武僧们就当下和俞大猷切磋棍法。可是不论单人、双人乃至多人结成棍阵，都挡不住俞大猷的一阵"三战吕布"，全无招架之力。

这下，小山上人也看傻眼了。他知道俞大猷的武功高，可没想到是这么高，引以为豪的少林棍法居然在他面前不堪一击。俞大猷放下棍子，诚恳地对小山上人说："大师，贵寺的棍法，失传了。古人传下的棍法不是这样的，你们练的棍法已经没有精髓了。可惜啊。"

听俞大猷这么一说，被他打败的和尚们纷纷说道："将军，那你教教我们吧！""是啊大人，请不吝赐教，把你那一手棍法传给我们吧！"

俞大猷叹了一口气说："哎，'真米正馅'的功夫，哪里是三天两头能教得会、学得通的？俞某可是要马上南下抗敌了啊。"

总兵大人这是抽空探访，无法久留。小山上人又带着他到嵩山各处游览。俞大猷难得有闲暇的空隙，也像个轻松的隐士一般，穿着草鞋，拄着一根竹竿，凭吊了达摩祖师面壁的石洞，还观赏了少林寺的金乘珠藏、龙步虎音之区。俞大猷看到少林寺对面有一片山地，其形势奇伟，便给小山上人建议："此地可建一小禅院，应该很不错啊。"小山上人微笑着说："建禅院的责任，就由愚僧小山来担任了，立即进行地基平整就可以开始建设。不过，本寺既然功夫失传，哎，这还需大人倾囊相授啊。"

俞大猷想了想，郑重地说："师父，吾师李公所授棍术，脱胎于少林齐眉棍，俞某又何尝不愿我少林重拾神技？如今国家困厄，南方战火不断，我少林子弟若能学得真本领，也可为国效力，救我百姓于水火之中。只是这棍法之习练，刚柔、阴阳、攻守、动静、审势、功力，乃至手足配合运用，非经数年之苦练，是不能领会的啊。"

小山上人频频点头称是。是日，游览了少林，跟和尚们一起吃过斋饭，俞大猷就要告辞启程。这时候，小山上人提出道："大人，知道真技失传而不挽救，老衲当为少林之罪人。老衲思索一番，有个不情之请。"俞大猷大大方方地说："请大师直言。"

"大人今日所言极是，高深武功，不是一时能学会的。老衲斗胆，想派两位武艺出众的弟子跟随大人下山，跟随左右，一来能帮助总兵大人操练兵士，二来也能让大人亲自调教。待他们学艺有成，再回少林传给大家。不知大人意下如何？"

俞大猷一听，觉得是个可行的方式，很高兴地接受了这个建议。于是，小山上人选派了两位年轻又底子深厚的和尚，当天就跟着俞大猷下山学艺。一去三年才回少林寺。

过了很多年，俞大猷已经是古稀老人了，还在北京的神机营训练军队。他得到少林寺的报告：和尚们已经有近百人得到武艺真传。这下，真正能上阵杀敌的棍法，终于回传少林寺了！而他倡议修建的禅院，也已经落成。俞大猷非常高兴。今天，在嵩山少林寺有一座十方禅院，就是那时候俞大猷倡议修建的，至今还有他撰写的碑记。20世纪90年代，少林寺武术团来到泉州，还专门立碑纪念俞大猷回传少林棍法的这一段往事。俞大猷回传少林棍，也称为中国武术史上的一段佳话，至今还为人津津乐道。这真是：

武林高手，闽南俞大猷。
为国为民，一生出入战场。
一部《剑经》传世，至今值得研究。
传落俞家棍，正是非遗项目，如今流传泉州。

太监救皇子

这几年宫廷戏很热门。不过大家知道,有不少是掰的。今天我也来讲一出宫廷戏,不过这可是正史里面记载的。

当讲明朝第八位皇帝,叫朱见深,年号成化。这位皇帝,是由一个比他大十七岁的宫女照顾大的,后来居然跟这个宫女产生了爱情。于是把她封为妃,一般把她称为万妃。

俗话说"某大姐,金交椅",这个成化皇帝真是娶了"某大姐"。我们又说:"听某喙,大富贵。"可这天下本就是最富贵的九五至尊,"听某喙"的后果,就是他只疼爱这位大姐头,而这大姐头,就专门欺压其他妃子。她自己生的一个皇子夭折了,并且从此无法怀孕,又担心年老色衰,于是凡有怀孕迹象的妃子,无不使手段让她们堕胎。以致成化皇帝一直没有可以继承皇位的儿子。

有一次,成化皇帝遇到一个姓纪的宫女,一见钟情。这宫女服侍了皇帝一次,居然就怀孕了。皇帝本人三宫六院,没去了解这个事,宫女地位卑微,也来不及报告到皇帝那儿去——你要知道,多少嫔妃,那是一年也都见不了皇帝几次面的。而耳目众多的万贵妃，却很快就得到这个消息。她又紧张起来："这孩子若是个男孩，那我的好日子就到头了。不管有多大的可能性，这种事情绝不能发生。赶紧得在皇帝知道之前，把这个孩子处理掉！"

于是她叫一个宫女，去给这姓纪的宫女送堕胎药。可是宫女毕竟善良，同是深宫里的苦命人，不忍心做这伤天害理的事，就偷偷把这堕胎药的剂量减少一大半。

你去过故宫就知道，那皇宫"深莽莽"，传说只比玉皇大帝的宫殿少了半间房，有九千九百九十九间半！大内的官员、嫔妃、护卫、太监、宫女成千上万，万贵妃自然没见过这个怀孕的宫女，也不可能一间一间地去找，慢慢也就没过问了。在她心里，这样的事已经做过很多，从来没有失败过。

就这样，偷偷地，这纪宫女把孩子生下来了。而且，居然还是个男孩子！虽然因为妈妈有服用堕胎药，这孩子显得很弱小，但是这条小命毕竟保住了，一条鲜活的生命就这么来到人间。

皇宫里突然冒出一个小婴儿！很快就有人上报给万贵妃。她暴跳如雷，怒气冲天，马上叫来一个看门的太监，叫张敏，让他去找到这个孩子，然后抱出去溺死。

这个太监张敏可是今天这个故事的关键人物。他接到这个命令，惨笑一声，对自己说："皇上没有儿子啊，我怎么忍心就把这孩子给杀了呢？"

不过他还是得去找到这个孩子。他找到了纪宫女。这位新妈妈知道这太监是要来做什么，她无能为力，只能抱着自己刚出生的孩子流泪。

张敏说："把孩子给我吧。你放心，我不是来杀他的，我是来把他带到比较安全的地方，你这里不安全。"

孩子的妈妈半信半疑，却也没有其他办法，只好把孩子交给张敏。

张敏抱着孩子，尽挑没人的地方走，偷偷摸摸跑去找另一个太监，也就是他的福建老乡，南靖的陈祖生。

为什么说是他的福建老乡呢？因为这位张敏太监，是从福建同安县绥德乡翔风里十七都来到京城当太监的。这个地方其实就是今天的金门县青屿。在古代，金门都是同安管辖的。

一个金门人，怎么会千里迢迢到皇宫里当一个看门的太监呢？原来，张敏很小的时候，他的家族曾经被陷害，致使成年男丁都被抓去充军，而张敏和他的几个哥哥，这些可怜的小男孩，就被抓到皇宫当太监。一待就是这么多年，吃尽了苦头，也还只是个看门的太监。

虽然身份卑微，可是人性的光辉在这个同安太监的身上闪耀。他找到福建老乡陈祖生，哭着说："陛下没有儿子，这孩子怎么能死在我的手上？你看，他这么弱小，这么可怜。你能不能帮帮我，想个办法，反正我是拼了这条命，也要让他活下来。"

南靖人陈祖生也是个善良的人。他二话没说，就帮助张敏，找个安静小角落，安顿这个可怜的宝宝。离开母亲，没有奶水，怎么养活他？张敏和陈祖生就

1994-20 经济特区
(5-1) J 深圳 (5-2) J 珠海

用点米汤，拿些糕点泡水，掺了蜜，一点一点地喂养。虽然肯定营养不良，至少也一天天长大了。

可是若要人不知，除非己莫为，两个太监轮流在下班时间照顾这孩子，万贵妃耳目众多，难保被她发现，若是发现了，连这小皇子带着两个太监都必死无疑。张敏可以说每天都是在忐忑不安中度过。南靖有民间传说，说陈祖生把这婴儿偷偷送回老家，让自己的阿母来抚养这个皇子，其实不是太实际啦。

事实上，也是苍天有眼。一个女人伸出了援手。虽然她自己处境也不好，也是个可怜人，但是比起底层的太监，她的力量就大多了。这就是当年因为扇了万贵妃一巴掌，被贬入冷宫的吴皇后。

张敏和陈祖生大喜过望。虽然被贬，但是"瘦瘦牛也有两担骨"，这孩子在皇后那里，吃穿不愁，条件肯定会好很多，而且，皇后在冷宫里，几乎没有人去管她，没有人会去看她一眼，只有她从娘家带进宫的那几个贴心的宫女照顾着她，这样，保守秘密就容易多了。

一转眼，六年过去了。小皇子六岁了。这个可怜的孩子瘦巴巴没有几两肉，还不如民间有钱人家的孩子。咱们中国人的风俗，孩子得剪胎发，有的地方是满月剃头，有的地方是四个月。可是这小皇子长到六岁也没剪过头发，长长的头发披在背后。不过他比其他孩子来得鬼精。在这种凶险的环境里，在这个步步杀机的后宫，他小小年纪就学会了"溜溜食目珠"。

当讲有一天，成化皇帝早起梳头。伺候他梳头的，正是张敏。皇帝看着镜中的自己，已经有了几缕白发，不禁感叹说："朕都有白头发了，却还没有一个儿子。"这只是一句随口说出来的感叹，不想透过镜子，成化皇帝看到为他梳头的太监神色突然不对。他就回头看了看这个太监。

张敏太监知道，保守了六年的秘密不能再隐瞒了，这件事必须有一个结局。他马上跪下说："臣死罪！陛下，你有儿子啊！"皇帝一听，傻眼了。"你说什么？朕有儿子？谁给朕生的儿子？如今在哪？"

张敏眼泪哗哗地流下，跪着说："臣知道，这事一说出来，臣必死无疑。只是求陛下要为小皇子做主啊！"

这时候，皇帝边上的一个大太监怀恩也为张敏作证，说："张敏说的是真的，小皇子今年已经六岁了，这个消息一直瞒着，不敢说出去！"

成化皇帝朱见深突然听到这个消息，恨不得掐自己的大腿，看看这是不是在做梦，激动得双手微微颤抖，深呼吸了几下，才用九五之尊的口吻说："朕今日就要去找朕的皇子！"

就这样，成化皇帝朱见深当天就去迎回了自己的儿子。这个孩子在一大群善良的人六年来小心翼翼地照顾下，终于没有受到大的伤害，终于走上一个皇子正常的人生轨迹。后来，他继承皇位，就是弘治皇帝。这是明朝中期的一位好皇帝，勤政爱民，开创"弘治中兴"的好时代。而且，他也是历史上少数的，一生只爱一个女人，只有皇后，不选任何皇妃的皇帝。有人说，这和他童年时吃的苦，以及感受到的张敏等人的善良、忠诚，给他的温暖有关。

张敏的结局呢？《明史》说他后来怕万贵妃报复，吞金自杀；我们的《同安县志》等地方志，却都说他因此被弘治皇帝视为恩人，后来当了职位很高、权力很大的太监。不管结局如何，他的正直、善良，不怕自己力量小，敢于对抗强大、邪恶的勇气，他在这勾心斗角、追名逐利的宫廷里所散发的正义的光芒，就是在几百年后的今天，也是值得敬佩的。这正是：

一出后宫大戏，
真正步步惊心。
自古邪不胜正，
拍拼迎接光明。
小人物，大能量，
有爱心，有坚持，
一切拢有可能！

王阳明和平和县

山近月远觉月小,便道此山大于月。
若有人眼大如天,当见山高月更阔。

各位朋友,这首诗是明代思想家王守仁的一首名诗,充满哲理,很有韵味。王守仁是浙江人,我们更经常称呼他为王阳明。王阳明是一个学者,开创了自己的学派,"知行合一"的思想到今天还显得很有价值。可是你知道吗?这样一位读书人,还能带兵打仗,而且用兵如神。不仅如此,这位在东亚一直有着深远影响力的大人物,跟我们闽南还有很深的渊源。这要如何讲起?

当讲1517年,王阳明接受朝廷的调遣,作为南赣巡抚,到江西、福建、广东一带剿匪。他要消灭的第一个土匪,是福建漳州大帽山的詹师富。

这一股山贼,其实人数不多,装备不精,为什么多年来各路官兵都无法解决呢?王阳明来到这里以后很快就发现了几个原因。

首先,在衙门,甚至在军队里,有詹师富派来的内奸。

经过调查,巡抚大人王阳明发现一个老差役就是内奸。他把老差役叫到跟前。先随意话仙，"牵尪仔补雨伞"，问问家里人，问问本地的风土人情。然后，慢慢说到公家的事，说到这一次剿匪。王阳明问了一些之前打仗的情况，老差役也讲得"澜须乱喷"。这时候，王阳明又轻描淡写地问一句："可是，土匪们怎么知道官府的每一次行动呢？"

这一问，老差役懵了。他赶紧想怎么回答这个敏感的问题。还没想好怎么回话，王阳明就大喝一声："你这个老东西，是想死还是想活！"这王阳明可是有内功的，他打坐的时候发出的长啸据说"声传十里"。这一声吼，直接把老差役震得岔气头晕，双脚一软，就"噗通"跪了下来。

王阳明不给他狡辩的机会，直接一连串的问题丢给他："为什么做土匪的内奸？土匪给你什么好处？你助土匪杀人放火，对得起自己的良心吗？"那语气非常严肃，而且带着杀气。"你暗中做的事我早就知道了，不赶紧自己招出来，我马上把你斩了！"

老差役吓得大哭，一把鼻子一把泪地边哭边把他当内奸的事详细说了一遍，说完不停磕头饶命。王阳明这时候口气松下来了，说："本官准许你戴罪立功，你愿意吗？"

不愿意就没命了，老差役当然知道轻重，不停地说："愿意，愿意，大人叫我上刀山下火海我也在所不辞！请大人下令。"

"你一样给土匪传消息，不过，本官叫你传什么样的消息，你就按照本官吩咐的去说。"

老差役哪敢不从。而且，王阳明还从他身上，挖出了其他几个内奸，一一查办。这样，就把主动权从土匪那里抢了过来。

王阳明遇到的第二个问题，就是军队战斗力太差了。那时候明朝真正的精兵都在北方边关，其他地方的军队三餐吃不饱，训练也随随便便。王阳明特地从四省调集了几路所谓的精兵，可是这些军队一上战场，个个都是"软脚兵"。纪律差，武艺差，士气更差，十个里有八个是"老仙公"。因此，虽然他争取了主动权，打起仗来还是互有胜负。有一次，连巡抚大人自己都中了两枪，栽下马来，差点就"猴咬断绳"，交代在战场上。

硬拼不成，就得智取。王阳明包扎好伤口，就对大家说："土匪太嚣张了，一时无法剿灭，我看，他们被我们打怕了，一时也不敢跑出深山。我们还是班师吧。兄弟们也都辛苦了，传我令，各营杀猪宰羊，畅饮三天，待我上报朝廷，为兄弟们讨点封赏。"

各部将听了相视而笑——这样的话，这样的做法，他们已经听过、干过很多次了。前两任长官南下剿匪，差不多也就这个做法。就算吃了亏，也得号称"班师"，然后大吃大喝一番，各自回去。至于封赏，没人奢望过。即使朝廷傻到真要论功行赏，赏银也轮不到他们头上。

于是，不用三天，闽南各地都知道了，巡抚大人大摆庆功宴，吃饱喝足就要收兵回家了。这个消息，当然也传到深山里的詹师富耳边。

詹师富听了，松了一口气：据说这个王阳明不是普通人，之前交手，也领教了他的手段，这下看来，和前几位官老爷"一个半斤，一个八两"，不足为惧。等他们"山场亲情，食饱就行"，我还依然当我的山大王！想到这里，他心花怒放，"就许那些狗官有吃有喝的，就不许咱也改善改善？弟兄们，到山下抢些牲口粮草，把陈年老酒都给我开封，咱也痛痛快快喝他三天三夜！"

于是，山贼们也在自己的贼窝办桌喝酒。头两天他们还轮流吃喝，轮流站岗，慢慢地，站岗的也就"仙公"了，而防守，也就这么松懈下来。

1517年二月十九的晚上，乌云罩月，喝得半醉的土匪们突然听到动静，等他们回过神来的时候，发现官兵们已经杀到他们的营地来了！

原来，一切都是王阳明的麻痹心理战！他算准了詹师富会有惯性思维，会想当然。他大摆宴席是真的，可是撤兵是假的。他让兵士们吃饱了就磨刀，暗中安排行动计划。而詹师富让手下喝醉了睡大觉，从心理到行动上的防守戒备都漏洞大开。经过在深夜的一次突然行动，经过一番激烈的战斗，詹师富大败而逃，老巢都被王阳明给端了。之后詹师富虽然像老鼠一般东躲西藏，最终还是被王阳明活捉。只用三个月的时间，王阳明就彻底消灭了漳州境内的这股土匪，史称"漳南战役"。

结束了这场战役后，王阳明很快投入江西境内的剿匪行动。可他没有对刚刚踏足的这片土地转身不顾。他接到了漳州知府等官员的建议，请他以巡抚的身份，倡议朝廷设立县治。王阳明觉得这是个永绝后患的好办法，因为这个地方远离县城，群山连绵，政令不达，文化不兴，法度不顾，很容易又产生新的匪徒。于是，五月二十八，王阳明在赣州拟制了《添设清平县治疏》，奏报朝廷设县。隔年，再度向朝廷奏请《再议平和县治疏》，最后将县名起为"平和"。并且，下令并指导地方官建设县城，恢复农耕，振兴文化，原本"远离县治，政教不及，民众罔知法度"的穷乡僻壤，因此变成一座"百年之盗可散，数邑之民可安"的美好家园。因此，今天的平和人民还把王阳明称为"县父"。这正是：

文武双全王守仁，
立德立功为黎民。
闽南如今有纪念，
知行合一王阳明。

1994-20 经济特区
(5-3) J 汕头 (5-4) J 厦门

留梦戴云山

五海往来刺桐港，千帆竞发，眼界越过门窗；
海鸟爱笑痴情人。
请你罔听，南宋往事一段
——动情不发戴云山。

当讲南宋时期的泉州是天下数一数二的大港。海内外的大船来来去去，各国的货物宝贝在此汇集，各种肤色的人也都往来于刺桐港，繁华不逊于临安。可这浮华景象毕竟只在府城见得到，远离泉州府城的戴云山却保持着她千万年一贯的宁静。

戴云山气势磅礴，景色秀丽，所谓"天下无山高戴云"，有如人间仙境。泉州城里的名医罗淮阳就在这戴云山山腰里读书，采药。

这一天快到午时，他煮好粥，正要就着夫人为他准备好的咸菜萝卜干开饭，却见张道源从对面的树林中钻出来。张道源是他隔壁小道观里唯一的道士，是个毛孩子——急匆匆道："罗老爷，你要不要看看，我刚吃了饭，家里突然闯进来一个个高鼻子、卷头发的胡人，还是个姑娘！"

张道源这小毛头很紧张，罗淮阳赶紧跟张道源到了道观。泉州城里各国番客已经让大宋子民见惯不怪,可是出了城,到了郊野,一般的乡下人还是很少见过外国人。张道源这很少到城里的年轻人自然也从未接触过。

就在供桌下,罗淮阳看到了一个番人小姑娘,皮肤雪白,秀发微卷,一双大眼睛,只是眼神里充满疲惫和恐惧。

罗淮阳俯下身向她招手,轻声道:"姑娘,这是道士修行的地方,你一个姑娘家到这里实属不便,也不要惊扰这张道士。你若愿意,就跟我到我那里去好吗?我正在做饭,你也一起来吃一口热的。"

姑娘想了一会,带着警觉慢慢起身,让罗淮阳带头,跟着他走出去。

到了罗淮阳家里,罗淮阳给她舀了一碗粥,这姑娘也不客气,更顾不上烫嘴,就着勺子大口大口地喝粥。突然罗淮阳道:"姑娘,你可叫依黛尔?"

"你怎么知道?"她居然能说大宋官话!

"泉州城前几日就都贴满找寻你的告示,找到你并带回市舶司,赵大人重重有赏。"

泉州的市舶司,跟海关差不多,管的就是这些外来番客的事。

依黛尔警觉地道:"你想怎样?"

"哈,别怕,姑娘,我可不贪心这些赏银。若愿回去,我自然送你回城。你若不愿意,凭你去哪里,却也不关我事。"

依黛尔一咬牙,起身就走,不想走了两步,就晕过去了。

待到醒来,月已高悬。她首先闻到的,是一股奇怪的味道。再仔细看,是罗淮阳在边上忙活。她一紧张,想坐起来,才发现脚上已经贴着东西。罗淮阳看她醒了,道:"莫怕,你连日奔忙,惊心忍命,还受了风寒,现在是寒邪入体,太虚弱了。脚上又都是冻疮和水泡,我帮你上了药,现在你再吃点粥,把我这熬好的药喝了吧。晚上在此将就,明日再说。我就去厨房窝一宿。"

说了就要出门,依黛尔突然问:"先生,贵姓?"

罗淮阳自报家门,并为依黛尔端来了粥。两人开始慢慢交谈,他才知道这事情的起因:

依黛尔是波斯富商的幼女,母亲却是侨居西夏的汉人,故此会说中华汉话。这一次随父亲到泉州做生意,卖了香料和毛毯,买了丝绸和白瓷,为的是筹备她的婚礼——她从小与人订亲,已经到了成亲的年纪了。

可是等到要回去的时候,她却不想走了。

她自言自语般的喃喃道,"我从小就跟他相识,所有人,包括我一直都认定我长大了就是要做他的妻子，可是临到要嫁入他家，却突然很害怕。虽然他很好，可是我……我也不知道我是不是那么愿意做他的妻子，诗歌里面写的爱情，可曾真正发生在我身上。"

罗淮阳自小熟读四书五经，精通唐诗汉赋，历朝历代的医药典籍更是了如指掌，可是这些书，没有一字一句教他如何感受和理解这样的思绪，更没有告诉他如何应对。

他所知道的，只是媒妁之言、父母之命，娶了夫人，举案齐眉，生儿育女，感受着夫唱妇随的天伦之乐，此外就没有太多想法。

罗淮阳笑道："罢了，清官难断家务事。这样吧，我让张道士明日下山，为你到城里报信，让市舶史赵汝适大人派人来接你。我跟赵大人算是老交情了，他家里人不舒服都是来找我。至于你嫁不嫁，你再自己跟家里人商量！"

第二天，罗淮阳就写了信送给张道源，让他明日一早下山。

这几日，罗淮阳忙个不停，捣药、煎药、做饭、打水。当然，也没忘了跟依黛尔聊天闲谈，排解忧闷。他们聊开去，罗淮阳大开眼界，听闻了许多海外风情，暗自啧啧称奇，感叹天下之大，无奇不有。依黛尔也渐渐开颜，听了许多罗淮阳跟他说的大宋的故事。依黛尔风寒痊愈，脚上的冻疮和破了的水泡还敷着草药，却也快好了。

"你现在病快好了，也能走了。下午我带你去钓鱼吧。"

"哎呀，罗大哥，反正你是我在大宋遇到的最好的人了。"

胡人礼教不多，侬黛尔心直口快，可这话一说，脸却也红了。

罗淮阳心跳加速，也觉得尴尬。

第二天一早，突然有脚步声。这深山老林能有什么人？张道源也没这么快回来啊。

开门一看，是两个衙役，一人提一根棍子，一个还背着水壶。一个瘦高个，一个大腹便便。"你就是那个看病的罗先生？"

"两位差爷有礼！"

"我兄弟二人奉德化县太爷之令来接这番人女子下山！"

"啊？这张道士……"

两个衙役都是浑人，叽里呱啦说了一大堆，才理出个头绪：

张道源前日到了德化县，遇到相识的师爷，就把这事说了，然后继续直奔府城。这县老爷得报此事，想着先把那姑娘接过来到县里，在上头面前不是一份功劳？就差了两个衙役先上山，要赶在泉州来人之前先把依黛尔接下山安顿好。

罗淮阳看了看依黛尔,依黛尔又恢复几天前那样的惶恐,用求助的眼神看着他直摇头。

两人就要上去迎依黛尔,罗淮阳突然横身一拦。

"不烦两位,过两日我就把姑娘家送下山。"

高个衙役喊道:"那怎么成?我们兄弟三更就起来赶路,在这荒山野里到处转,喝了一肚子风,空手下去,如何交差!"

矮个子阴阴道:"我说,难不成你要拐了这姑娘?还是有什么坏心思?"

罗淮阳拉下脸道:"别胡说,人家听得懂。"

高个子绕过他,要走向依黛尔。罗淮阳要去拦他,矮个子的棍子就捅过来了。

罗淮阳侧身顺势捋过棍头,矮个子脚步虚了,立马前倾,罗淮阳当下一巴掌就把他击倒在地。高个子紧跟着挥棒,罗淮阳已经俯身扫腿,高个子连人带棍滚下坡去。

罗淮阳自小家传武艺,文武双修,他的曾祖,可是追随韩王韩世忠抗金的部将。

两人跳起来,吼道:"读书人这么大胆,阻挡公差,该当何罪!"却一步也不敢向前了,究竟还是识趣。

罗淮阳躬身作揖:"多有得罪,烦请两位哥哥代为转告县老爷，罗某这是为赵汝适大人办事，事后定到衙门请罪。"

两个官差絮絮叨叨："怎么接了这么个'着力搁歹看'的破差事，'人若衰放屁都踏死鸡'。""读书人还这么凶！下巴都松了，赶紧去看看先生。"……也不告辞，悻悻下山。

罗淮阳看着依黛尔："其实，其实他们说的有理……县城里比较舒适。跟他们下山去，才真的是好的，你看，这山上冷清简陋……"

"我不想下山，我不想下山！"依黛尔突然"呜呜"哭了起来。

罗淮阳柔声道："依娘，莫哭，你想如何，都依你。"

"可是，可是我也不知道我想要如何？"

罗淮阳说不出话来。

他本来本着做好事的心，就等着把这外国姑娘送下山，而现在他的心思却也乱糟糟，不知道该如何了。半晌，方道："不知道，那就什么也不想了，反正，我们都就高高兴兴地在这里待几天，以后的事，到时再说吧。"

只是隔天一大早，张道源就回来了，带回来赵汝适大人的交代，他派的人隔日就来接他们。

罗淮阳和依黛尔知道了这个安排，什么也没有商议，照常谈天、做饭，一起去采药、钓鱼。

晚饭后，罗淮阳在灯下写东西。

"罗大哥写了两夜，都在写什么？"

罗淮阳笑道："写好了。为赵相公写点东西，这还都是你的功劳。"

"哦？我还能帮上忙？"

"嗯。哎呀……等见了大人，我……"

"见了赵大人，就见不到你了。"

"侬娘……"

"罗大哥，回去的时候我不想走，逃下船后迷路了，我又后悔得半死。如今又要回去了，我却又很不想离开这个小屋子。我是不是疯了？"

"我明知你要回去，却不让你跟他们走；明明舍不得你走，却还要带着你下山，我也不知道自己在做什么。哈哈哈！"

这时候，两人的心意，就都显山露水。

侬黛尔道："那我不走了，好不好？"

罗淮阳缄默。

侬黛尔笑道："我说个笑，你别当真。明天咱们就下山吧。我父亲一定很想我。我歇息了。"

说罢，翻身上床，背对罗淮阳，静静的，眼泪就哗哗流了下来。

她终于领略了真正的爱，可是也发现真正的爱是如此伤人。

第二天，大队人马早早就上山，给罗淮阳准备了马，给依黛尔专门准备了马车。路上两人不曾再说一句话，只偶尔对视一眼，千言万语，都在这眼神里了。

进城的时候，已经快要子时了。到了市舶司，依黛尔父女团圆，罗淮阳跟赵汝适大人说了前因后果。赵汝适笑道："此事你功劳第一，德化县令那里不用放心上，我来料理。"罗淮阳从包裹里抽出一叠文书交给他道："赵相公正在编纂《诸藩志》，小可这两日正好向依黛尔讨教了不少西方诸国的风貌习俗，或可供赵相公参谋一二。"

赵汝适大喜道："我著此书还劳老弟你用心，算我欠你的人情，哈哈！"

翌年，赵汝适所著的《诸藩志》成书，流传至今。其中有一些内容，就摘自依黛儿的口述，罗淮阳的笔记。

罗淮阳当下告辞，辞谢了金银酬谢。赵汝适说："那你替我带两匹上等波斯羊毛毯子给张道士，他也出力了。你知道我会看人，这个小道士有如尘封于土石之中的和氏璧，不可小觑，他日或许真能成仙佛。"

赵汝适一语成谶。多年后，张道源悟道安溪太湖岩，至今享受香火供奉，是为惠应祖师。

依黛尔突然道："罗先生，今日一别，日后恐怕难得再当面道谢了。你既不受这些酬谢，那我送送你。"

赵汝适等人有点错愕，她父亲却哈哈笑道："是是是，应该的。"

胡人民风淳朴，直言直语，没有太多顾虑和心思，反而不像中华理教这般，让人活得累烦。好似依黛尔，就一直比罗淮阳坦直、率真，也更勇敢。

不及百步，依黛尔主动牵起罗淮阳的手来。泉州是大宋最繁华的城市之一，在夏天的晚上依旧灯火通明、人声鼎沸，如今过了子时，方才寂静下来。

在刺桐树下，罗淮阳指着月光下并立的镇国塔和仁寿塔："依娘，你看这塔，无法相依，却也总能日日相见。"

"罗大哥，明日我一走，就见不到你了……"

"明日，人来人往，我便不送你了。依娘，你一定要好生过日子。或许有一天，我们还能再会。"

依黛尔却不应他，只是揽住了情郎。之后，相拥的两人没有再说一个字。

月照东西塔，静悄悄的刺桐古城。

秋虫轻声吟，唱出憨人心声。

心底事，谁人会知影。

不知过了多久，依黛尔放开罗淮阳的手，转身走去，没说一句告别，也没有回头。

隔日早上，刺桐港鸥鹭嘈杂，码头上更是人货混杂，拥挤喧闹。

依黛尔早已换上自身的衣物，白袍金链，光彩照人，映衬着碧绿的海水，如同天上的仙女一般。

她一直静静站在船尾，不像在等待，更像在告别。

终于，船还是缓缓启航，越来越远。

罗淮阳在仓库的角落里看着。昨晚分别后，他就来码头上，站到现在。

直到依黛尔的船终于消失在海天之间的时候，罗淮阳才承认，这辈子很难再见到她了。

这正是：

孤帆远影碧空尽，留下一段情。
千古刺桐港，百川入海不停。
悠悠海丝路，自古到今，故事不尽。

庆让堂的故事（上）

各位朋友，当讲19世纪爆发鸦片战争，清朝被迫开放广州、福州、厦门、宁波、上海五个所在作为通商口岸，是为五口通商。这也使得厦门这个远古的小渔村，明清时期的边防卫所成为一个商业口岸。到19世纪末，厦门已经是一个繁华而复杂的城市。那时候真是：

人来客去四五路，
头毛有黄也有乌。
东方西方来交汇，
进口出口做商贸。
三教九流有竞争，
也有现代的文明。
拜佛敬祖拍拳头，
弹琴踢球看圣经。
菜馆洋行和路头，
古厝别墅和大楼。
各种产业和文化，
一粒小岛摆够够。

那时候小小的鹭岛，各种文化冲击，什么人物都有。有英雄，有小人；有本地人，有洋人；有唱曲的红尘女子，有说英文的千金……若说起各行各业，那是富翁、买办、工人、流氓、农民、牧师、道士、革命青年、知识分子、投机分子、爱国华侨，各色人等俱全。这些人投机、冒险、革命，学习、会商、冲突，充满机会，也充满风险。

小小厦门会成为一个迷你版本的上海滩，原因跟上海很接近，关键所在也差不多，就是方便海运，就是做起商贸。因此，码头就成为一个重要的节点。

那时候，码头在厦门称为路头。或许你也知道，在那个时候，厦门各个装卸货物的码头，业务基本上都被所谓的"三大姓"垄断，也就是来自同安的"丙洲陈""石浔吴""后麝纪"。他们之间的竞争和恩怨，产生了很多传奇的故事。

可是今天故事的主角，却不是什么角头好汉、江湖大哥，只是来自乡下的两个忠厚本分的年轻人。他们是来自石浔的一对兄弟：一个叫吴文渥，一个叫吴文启。

那几年，村子里"歹年冬"，收成不好。若是照旧守着那几亩田，全家人都吃不饱。听说村子里的年轻人，很多到厦门岛来做工、打拼，在码头当搬运工，很多不仅能吃得上饭，甚至可以寄钱回家。兄弟两人决定也过海到鹭岛，"骨力"讨生活。于是带着几个铜板，吴家兄弟就来到了这个陌生而刺激的地方，来到了族人宗亲聚集的码头。

他们在乡亲的"牵成"下，在码头做粗重的体力活，扛货物、拖板车。天天汗流浃背，从不哭爹喊娘；不敢多休息，只怕少赚钱。

俗语说"骨力食力，贫惰吞澜"。两个兄弟不投机倒把，也不惹事生非，只是"认头认路"，勤劳、本分、勤俭。过了几年，还真的积攒了一些钱。于是，他们以这一点钱做启动资金，买了一艘二手小舢板，自己当老板，每天往返于厦门和鼓浪屿，接送客人，也兼载小宗货物。他们和其他干这一行的同安乡亲一样，被笑称为"同安竹篙"。兄弟俩虽然一样风吹雨淋，一样收入不高，不过至少自己做主的空间大了许多，更不用被工头剥削。

当讲有一天，一个"红毛仔"——一看就是一个有头有脸的人物——提着一个大公文包来乘船。他要从厦门渡海到鼓浪屿去。

双方各夹带着道听途说硬学来的一点闽南话和英语，加上指手画脚，确定了价格和靠岸的路头，就出发了。

这笔生意就这么顺利地完成。兄弟两人送了客人，摇橹回程。

快到厦门，即将靠岸的时候，弟弟吴文启叫道："阿兄，阿兄，你看船尾，有个公文包！"

哥哥吴文渥一看："哎呀！是那个'番仔'的，看他刚才急匆匆的，'走得若四米'，肯定是忘记拿了！"

"刚才在船上，我看他从包里翻出很多本子、信纸，估计都是做生意的东西。这下好了，他现在肯定'心狂火着'。"

"我们收了人家的钱，可不能耽误人家的事。我们赶紧回去，我猜他一定会回来找我们！"

于是，吴家兄弟赶紧返回鼓浪屿，停在刚才客人下船的龙头路头，一边休息，一边等客人回来拿东西。

可是客人迟迟不来，时间却一刻也不停留。两个兄弟从早上十点，等到中午一点，饭也没吃，饿着肚子。

兄弟两人一会张望，一会发呆，一会聊两句。谁也没提出要回去。其实两个人的心底，都有两个声音在争辩："算了，载客要紧，赚钱才是自己的！""不行，再等等！"

是的，虽然两个年轻人不贪图这个包里的财物，可是把时间用来傻傻等待，亏的可是自己的生意。

到了下午三点，有一家人要过渡，问道："头家，六个人要去厦门，麻烦你划一趟。"

六个人上船，这艘小舢板就差不多满载了，这可是一笔大生意！

弟弟想回答，又看看哥哥。哥哥吴文渥很有礼貌地说："'歹势'啦！在等人，你们再叫一艘吧。"

就这样，一笔好生意白白没掉了——而这也是今天他们拒绝的第四桩生意。哥哥看到弟弟有点沮丧，笑着说："阿启，我们今天是少赚了。不过我们做了那个外国人的生意，就有责任把人家的东西还给人家。他如果过来找不到我们，那我们的良心可过不去咯。"

弟弟说："哥哥，我心底想的，和你一样。赚钱自然重要，可是阿妈从小教示我们要守信用，这可是做人的根本。"

就这样，兄弟两等到夕阳染得鹭江一片金黄。再一会儿，鹭江上的渔火就要点起，他们这一天基本就没什么收入了。

这时，岸上有人急匆匆喊道："划船的！划船的！"兄弟俩一看，是一个本地人冲他们边跑边喊，后面跟着一个外国人，正是他们要等的客人！这真是：

古早季札挂剑，
现时船工等人。
忠厚终有地补，
诚信比钱卡重。
要知后事如何，
听我下一回开讲！

庆让堂的故事（下）

同安两兄弟，
做人真古意。
为着守信用，
了钱做生意。
坚持有结果，
客人来找伊。
这一段经历，
会有啥意义？

各位，我们上一集说到，吴家两兄弟吴文渥和吴文启，为了归还客人的东西，在路头岸边硬是等了一天，生意没做，钱也没赚，这一天估计得喝西北风了。不过皇天不负有心人，到了红日偏西、晚霞满天的时候，这位外国客人终于是找上门来了。

兄弟两人喜出望外，赶紧拿着那个公文包上岸。远远地在朝他们喊话的那个本地人原来是一名翻译。跑进前来，这翻译高兴地拉着弟弟的手，而外国人紧紧握着哥哥的手，激动地叽里呱啦说一大串。

翻译说："这位番仔'头家'早上走得匆忙，要去参加一个酒会。结束后要去谈生意，才发现公文包落在你们的船上。包里没多少钱,可是里面的文件都是从欧洲和印度带来的,关系到亚细亚火油公司的生意——他千里迢迢到厦门,为的就是这里面的文件。外国人一来路不熟,二来话不通,急得满头大汗,好歹托人找我来当翻译,给他带路。结果他又认错路头,把我带到内厝澳去!'搬车'大半天,跑到现在才找到龙头路头。没想到你们居然还在!我们本都开始打算赶紧去找报社,登报悬赏寻物了。"

吴文启说:"知道这'红毛人'的东西对他很重要,我们兄弟俩不敢开工,也没有吃饭,从上午就在路头等他,等到现在。"

那外国人一看他的公文包,不仅文件俱全,包里的十几先令和一些中国铜板也一子不少,满面笑容,对着两人絮絮叨叨。翻译说:"他夸你们讲信用,夸你们实在呢!"

外国人又从裤兜掏出一些番仔钱,要塞进吴文渥手里。吴文渥正色拒绝道:"不,不,不,我们收了你的船票,本就该守好你的财物。要你的钱做什么?"

吴文启说:"正是。讲古仙讲古的时候不也说过'好汉行事,不求赏报'。再不回厦门可就天黑了。来去,来去。"

翻译忙说:"这位头家说了,既然不拿他的礼数,就当交个朋友,明天七点,你们再到这路头,他还要乘你们的船到厦门去！"

就这样，一来二去，这位外国人，和吴家兄弟成为朋友。他是亚细亚火油公司在中国的代表。后来，觉得这两个少年家踏实、守信、勤劳，而且头脑灵活，做事利索，就把"番仔火"、蜡烛、煤油等业务交给他们代理销售。至此，吴文渥和吴文启两兄弟开始从商，过上了好日子。所谓"兄弟一条心，赤土变黄金"，生意是做得红红火火。后来，又做起了轮船公司的业务，越做越"好体"，经过几年的精心经营、诚信为商、不懈努力，这两个来自农村的穷孩子，成为在厦门排得上号的有钱人。

闽南人自古的传统，发了财就要"起大厝"。吴文渥和吴文启就在厦门繁华的所在，建了一套别墅。那可谓：

也有西洋风格，
也有中国体势。
也有罗马石柱，
也有空中楼阁。
没输琴岛别墅，
大范时髦秀丽！

可是，等到楼建好了，要入住的时候，吴家兄弟却有了一番争论。兄弟从小到大，从穷到富，从单身到成家，一向心连心，感情那是出名得好，如今却有什么分歧？

原来，是谁来做"户主"的问题有了不同看法。不过，这个问题何必争执？自古以来就有一套规矩。自古长兄为父，一套大房子，里面套间多，肯定长兄住东面，小弟住西面。难道是弟弟吴文启不照传统来办事，想跟哥哥计较一番？

其实啊，不按照传统套路，主动提出不同看法的是哥哥吴文渥——他疼弟弟，他觉得弟弟更辛苦，他觉得弟弟更应该享受享受，他先提出，弟弟吴文启去住东楼，自己和老婆孩子住西楼！

吴文启坚决不干，说："阿兄，我知道你疼我，对我好。可是自古以来长兄靠东，也没哪一家改变过，咱家没必要破了规矩。再说，西楼的格局也很好嘛。"

"对，这是你自己说的，西楼格局也不错。所以西楼让阿兄住。你去住东楼吧。我们自己盖的房子，只要我们家里人自己没意见，怕什么规矩不规矩的？时代不一样了，不要太保守，太固执。你大嫂也没意见，就这么'拍板'了！"

吴文启说不过大哥，只好去住了东楼。这样的稀罕事，在当时的厦门岛轰动一时！

你应该也知道，鼓浪屿的黄家花园大名是"中德记"，厦门的鹦哥楼正名是"南薰楼"，那时候的私家大别墅都得取个大名，挂个匾额。

吴家兄弟给自己用智慧和汗水换来的大楼取了什么名字呢？当时他们的商号名为"和福庆"，就取了"庆"这个字。又想到，中华吴氏，自古以"让"为美德，为家风。先祖三让天下，孔子都赞扬有加，所谓至德三让，并以"三让""让德"为堂号。先前兄弟俩互让主楼，这个举动，这份品格，也算是响应祖训。就再取一个"让"字。因此，就名为"庆让堂"。

庆让堂今天还矗立在思明西路的天一楼巷里，已经成为受保护的文物。这座美丽的建筑不仅彰显着厦门老别墅的美感和艺术价值，更静静地讲述一个关于"爱拼才会赢"的故事，一段可贵真诚的亲情，代代地传颂诚信、谦让的中华美德。

歹歹马也有一步踢

在古代，如果发生战争，战胜的一方对战利品有很多种方式去处理。一般来说，都会拿出一部分分给士兵。士兵可以直接用，也可以拿去卖。

当讲某一年有一个地方发生了一场战斗。结束之后，胜利的士兵们拿着战利品到附近的小镇子去卖。有米有面，有鞋有布，肉干烧酒、锅仔钵仔，乃至推车、帐篷、牛皮、梯子……真是应有尽有。

所以那一天，集市里热闹非凡，熙熙攘攘。庄稼人们有的想去买点自己需要的东西——都感觉军队里的东西质量应该不错，没钱的也去看看热闹，开开眼。

有一个富农知道了这个消息，咬咬牙，把家里的积蓄偷偷拿出了一大半，也到集市上来了。他要买什么贵重的东西呢？大饼、烧酒，他是舍不得买的；木架、胡床，他是看不上的——他呀，从小就有一个侠客梦！虽然功夫没两下子，却也趁着这个难得的机会，想在军队里淘一副好盔甲，或者一把上好的兵器，也算了了自己一个心愿。

可是到集市上一看，货品固然琳琅满目，剪刀、菜刀、铁镐也不少，可是一件铠甲也没有，一件兵器也没有。这农民一个个问："军爷，可有七星宝刀？""兄弟，有没有好的胸甲？"

士兵们听了，都哈哈大笑。

态度好一点的说："老哥，你也不看看，咱兄弟都没佩刀，轻装出营。这杀敌的家伙，哪敢随便带出来？"

凶一点的吓唬道："老汉，军械辎重，朝廷是严令私藏的，我们兄弟哪敢私自买卖？这可是要掉脑袋的罪！你可别讲古听多了，戏看多了，就做白日梦。这刀枪剑戟，可不是你玩得起的。赶紧买两斤酒回去吃了作罢！"

农民听了这话，心惊肉跳，不敢再问。可是机会难得，却又不甘心。于是在集市瞎逛，什么也没下手，很快，太阳偏西了。

士兵们不管卖了多少，赚了多少，都得回去了。军令如山，没人敢回营迟到。他们大声喊道："最后打个折，想要的赶紧来买了！兄弟们可要回营了，明天一亮大军开拔，班师回朝，乡亲们就没机会买这么好的东西咯！"

于是人群又是一阵喧哗。这个什么都还没买的农民也有点急了："我难得带这么多银子出门，难道就这么空手而归？"

突然，他看到有一个老兵，牵着一匹老马。那匹马：

牵着浮浮轻轻，
目眮醪醪无神。
尾溜毛落一半，
胛脊老伤一身。

这农民突然一想，买匹马回去也好。能骑得上就骑着它翻山越岭，不亦乐乎；骑不得就让它耕地去，也是一桩美事。

只是眼前这匹马又老又瘦，外行人都看得出是一匹劣马。真值得下手吗？

农民试着问这老兵："军爷，这战马怎么卖？"

老兵听了哈哈大笑："老哥，这哪是战马？战马哪里敢私自买卖！这就是一拉车驮货的牲口！我就是让它驮些凳子、铁锅过来卖嘛！还剩几块海碗你要吗？便宜点卖你。"

农民摇摇头。

"哦！你是要买马！得，那就便宜点卖给你吧。本来咱兄弟路上还指望着这匹老马那几两肉改善改善呢！"

原来这匹马驮了货，过几天还要被宰了！

农民看了看马，它好像听得懂似的，眼神里满是无奈，仿佛心如死灰。

另一名士兵凑过来说："就是，这下还得赶半个月的路,有没有肉吃就指望这匹老畜生了。说好了,我要带肥的哦!"

立马就有人回应他:"这匹马身上想找到带肥的肉?你还是去找找江仔鱼的'肚'比较容易啦!"

大家哄堂大笑起来。

农民看到这情景,动了恻隐之心,气血上头,激动地说:"我买!我买!你们便宜点卖给我!"

士兵们都傻眼了,他们都没想到居然有人会想要花钱买一匹又老又瘦,还带着伤的马。

最后,农民用十两银子,买了这匹马,士兵们说这是打了五折。然后,他们都偷偷笑了。他们没想到,本来没想出售的东西,突然就成了今天最大的一笔交易。虽然没肉吃了,但是能多赚点钱寄回家,比什么都重要!

农民买马的事很快成为村子里的大新闻。他刚牵着马离开集市,就有很多人来看这匹马,边看还边笑话他:"阿好,你是钱太多!""阿好,你要还有剩点钱,我家那只驴也卖你吧!""阿好,你等着回家被你家老查某一顿骂吧!"

因为这个农民遇到什么事都说:"好啊!好啊!"所以大家叫他"阿好"。有几个顽皮的孩子甚至追着要拽马尾巴,边嘻嘻哈哈大声喊:"阿好真撑枷,开钱买歹马!""阿好真撑枷,开钱买歹马!"

还没把马儿牵到家门口,他老婆远远地就跑过来指着鼻子开骂:"人家说'折本生理没人做',你这个傻瓜今天真的是'了工兼折本'!我怎么会嫁给你这样一个没头脑的!"

"牵手的,莫生气啦,'破鼓会救月',这匹孬马好好养一阵子,总会有用处的。"

"一匹瘦马花十两银子!十两银子啊!那是老娘我'俭肠勒肚'两三年才存下来的,正要买几头牛崽子来干活,你倒好,给我乱花钱,你还我!你还我!"边说边把阿好胳膊拧得淤青。

阿好也不顶嘴,默默地把马牵回家,先栓在猪圈边上,给马洗刷一下,喂点干草,在老婆的絮絮叨叨中吃饭、做家务、熄灯睡觉。

当讲这夜里,来了个毛贼。他听说村里不少人家刚刚到集市上买了东西,便想半夜来顺一点。不管吃的用的,多少摸一点,保证自己十天半个月的吃穿不愁。

这小偷趁着夜黑,给陈家偷了腊肉,去林家摸了杆戥,还翻到吴家后院,把人家刚跟士兵买的靴子给偷了。翻过吴家院子,正好就是阿好家的猪圈。小偷一脚踩到猪屎,不敢叫出声来,老母猪却被惊醒了,开始"哼哼"叫。小偷这下慌了,怕闹出动静来。想赶紧翻过猪圈溜之大吉,只是黑漆漆一片,他也分不清东西南北。一脚翻上猪圈的石条,手就自然而然地想摸点什么东西来做支撑。不想一摸,感觉揪到了布条或者麻绳一类的东西。他也来不及细想,就用力揪着,借着这力气翻过猪圈。

他这一用力,人是爬过猪圈了,却同时听到一声嘶鸣,同时不知什么东西重击了他一下。小偷感觉如同屁股被大锤砸了一般,人就摔了出去,趴在地上爬不起来,只是"哎呦!哎呦!"地呻吟。

随即,阿好和邻居们就都举着灯火跑过来了。众人一看这情形,就知道这人被阿好新买的老马给踢了。

老马受了惊吓,还在不安地挣扎,阿好赶紧安抚它,让它喝水。这毛贼也被众人架了起来,失主们各自从他的布袋和腰带里找到了自己的失物,把小偷押送到衙门去。

天亮的时候,邻居们拿了米糠、豆粕甚至鸭蛋,过来感谢且慰劳阿好的马。阿好开心地接受了礼物,并笑眯眯地不停地说"好!好!"。阿好他老婆也高兴了,逢人就说:"你别说,歹歹马也有一步踢啊!"

后来,这匹老马经过阿好精心地饲养,也能干活了。虽然真是没办法骑上这匹老马驰骋天涯,但是阿好给它套上车,帮人送送货,多了一个收入渠道。人开心,马精神,乡里乡亲反而都羡慕起阿好来了呢!

这真是:

姆倘看无歹歹马,
大家能力有长短。
只要努力用心做,
拼出成绩赡落势!

1994-20 经济特区
(5-5) J 海南

黜箠社区之再拼一个

话说有一个平凡的小区，住这儿的厝边头尾都很善良，很热情。不过呢，跟你我一样，每个人也都有自己的一点缺点。这些可爱的男男女女、大大小小，时不时会把好事搞砸，总是"好好鲎刣甲屎流"。大家就都戏称这个小区为"黜箠社区"。

这天一大早，肚子里怀三胎的光头嫂——就是住6号楼6楼那个光头的老婆，一起床就大呼小叫，臭头臭面说："这老三比哥哥姐姐还不老实，在我肚子里干什么？一个晚上滚来滚去，踢来踢去，我都没怎么睡！"她家先生光头说："人家住的可是第三手的房子，不得忙装修，你就忍忍吧。"

"去去去，别说风凉话，去给娘娘我买早餐。"

光头到楼下，看到隔壁楼梯的鸟屎弟他爸刚买了早餐，就是一碗豆花一根油条。

光头打招呼："兄弟，这么早？"

"早到哪去啊？上夜班，刚回来准备睡觉。"

"那也得吃点再睡。"

"这不是嘛？"

光头看他的早餐说："哎呀，兄弟啊，咱男人到了中年，就要对自己好一点——难道，你老婆不想再要一个吗?"

光头这口气说的就有点"竹篙尾缚烘炉扇——大曳"了。说完飘飘然就走了。鸟屎他爸杵在那愣了一会,咬了咬牙说:"对,怎么也不能对不起自己的身体,我得吃点好的!"于是回头到早餐店。那店里面好吃的可丰富了,大肉包、烫猪肝、鸭肉粥、烧肉粽、清汤面……都热气腾腾香气扑鼻。鸟屎他爸大摇大摆,大吼一声:"老板!今天好好消费一下!再给我来一个炸枣!"

回到家,鸟屎还在。这就奇怪了,早就该去上学了啊。

"怎么回事?"

鸟屎不敢说话。他妈妈阿春说:"这熊孩子,作业没带,红领巾没带,走到半路回来拿,这下好了,迟到定了!你自己看着办!"

鸟屎悻悻说:"别凶巴巴的,妈妈,我还小呢,以后还有机会。"

妈妈冷笑道:"当然有机会,你还小,你爸和我也还年轻,我们还能生个省心的。"

鸟屎他爸说:"什么意思听懂了吗?就像打游戏,大号打废了,就申请个新号继续打。你最好给我争气点!"

鸟屎一听却开心了。手舞足蹈地说:"那最好你们申请个弟弟,这样不仅你们不痛快的时候不会老拿我开涮,我不高兴的时候还有个人来练练手!"溜的一声,还没等骂就跑得没影了。

鸟屎他爹赶紧关门。"看来你也想开了,亲爱的,你看光头他老婆都六个月了,咱就赶紧的……"

阿春推开道:"滚,老娘没空没心思,想跟谁生跟谁生去!"

"哈哈!国家政策好,老婆的政策更好!"
"你说什么?"
"没没没,我的意思是说光头……"
"我都跟你说了,不要跟光头太亲密了,以后最好保持点距离!"

"为什么?你也知道,我们是厝边头尾,朋友兄弟,'死忠兼换贴'……"

"你想啊,他家老三出生了,咱能不意思意思吗?这个你要得回来吗?以后过年,咱得三个红包换人家一个红包,亏大了!"

"这也不是办法,人情世故免不了,我看,一劳永逸的办法,就是咱趁年轻,也再拼一个——不,最好两个!你还能不如光头嫂吗?"

"你废话!老娘就怕你不行!"

"没事,我多锻炼,多补补。你看补什么好?老人家不都说吃啥补啥嘛。"

"是吧？吃啥补啥？那我中午赶紧先去给你买一副猪脑补补你的脑袋再说。你现在先去补眠！"

出了门，阿春其实也是思绪万千，想了想，先不去菜市场，先去小区门口那个据说擅长治疗不孕不育的老中医黜箠先生那里把把脉。

一到那里，看到的是阔嘴和他妈妈。他们见到鸟屎他妈也挺不好意思。黜箠先生说："风险是有的，但是现在科技那么发达，还是有希望的嘛。"

阔嘴说："阿母，你想好了，我是快结婚的人了，你想好到时候，你又带孩子又带孙子，你忙得过来吗？"

黜箠先生一听就说："你这少年家怎么那么不懂事呢？有个弟弟妹妹互相照应不好吗？你想想武大郎，如果没有武松，那谁来给他报仇呢？"

"啊！"阔嘴刚要顶嘴，他妈妈说："顺其自然吧，走，回去劝你爸也来把把脉。"

轮到阿春，坐下来把脉。黜箠先生手刚一搭："恭喜哈！"

阿春吓了一跳："不可能啊！"

"听说你们那栋楼可以装电梯了！恭喜哈！"

阿春差点没背过去："哦。"

黜箠先生又龇牙道："哎呀，阿春啊，这个……"

阿春心跳又加速了："怎样？"

"你倒是没怎么样，但是你家老头说腰酸，上个月找我按摩了两次,一直也还没付钱。"

"不好意思啊,我一会一起给你。"

黜箠先生给阿春开了点调养的药,冬瓜伯和冬瓜嫂来了。

黜箠先生一看赶紧说:"您二老别来捣乱了,科技再发达也没有90岁还能再生的,再说你们都五个孩子、八个孙子了还不够你们忙?"

冬瓜嫂说:"你误会了阿黜啊!我是来问问我媳妇这情况,想要第三胎有没有可能性。她不好意思来啦!"

"哪个啦?"

"第二个媳妇啊,虽然体质比较寒,胃肠也不好,不过还年轻,今年才五十而已!"

这正是:

厝内添丁好代志,
大大小小热嗤嗤。
身体首先顾好势,
谁邀谁顾要排比。
顺其自然好心态,
幸福生活会找你。

黜箠社区之愈食愈少年

今日的故事对冬瓜伯讲起。伊老大人今年八十二,退休闲闲无代志在厝里坐。怀免持家,怀免顾孙,逐日就是沃花、看册。太过闲就生空生榫,有时腰脊骨酸,有时头眩要倒眠床。

迄日接到一个电话,讲是伊的某某老同事介绍的,一讲话就笑眯眯一直叫阿伯:"阿伯,听讲你今年五十岁。"

"无啦,已经八十二岁。"

"哎哟,看起来真少年,若像搁有法生一个的款式。"

"啊!莫讲即款见笑话,我的后生都已经五十岁,怀着,咱从来怀别见面过,互你讲甲像熟似几十年的体式?"

"有啦,怀过迄摆你无注意到我。我就是你的初恋的表哥的契阿姊的二姨的表小弟的结拜小妹。"

冬瓜伯听一下吓一跳:"哎呦,细声一点,互阮兜老查某听着,即个月零星钱我一分钱也免想拿。"

"阿伯,听讲你最近咧勿会爽?"

"无法度,食老咯就是筋骨比较勿会通。"

"免惊,小黄我明仔日带一点舒筋活血的好物件来甲你坐,顺势甲你喝仙练瘦牙。"

迄个黄小姐"红关公白目眉,无人请家己来",隔日来甲冬瓜伯讲甲有够high(嗨)。还带一台甚物机器,讲是免费送互伊,行的时阵约好,冬瓜伯隔日去找小黄上课,是关于健康养生的讲座。

"阿伯啊,你算是甲这台高科技仪器有缘,若长期用,会撸仙。"

"啥?"

"哦,是会做仙。"

"做啥?"

2021-5 厦门大学建校一百周年

"无,无,无,我是讲会愈食愈少年。"

迄日规日,冬瓜伯拢咧摆弄迄台破机器,隔日笑头笑面一透早就去,中午倒来时,精神好,人欢喜。

伊的孙子冬瓜籽问:"阿公,你是去倒落?"

"阿公去听讲座,医生讲甲真好,呒但呒免交钱,佫送我两斤苹果。"

"阿公,你着注意,我怀疑倩咧数想你的钱,一定着张弛!"

"细细年纪就则尼爱怀疑,人是一片心意,咱是退休老干部,行到倒落人拢嘛真古意!"

冬瓜伯反正逐日去,人问伊去倒落,伊拢讲去听课学健康的道理,讲小黄即个囡仔乖巧伶俐,里面的医生拢真"老师"。去无两个礼拜,小黄说:"阿伯,我们医生推荐你食即个rose钙。"

冬瓜伯一听差淡薄倒头栽:"什么落屎钙?我没秘结,何必食落屎?"

"哎呀,是rose钙,一日着漏两摆——怀着,是食两摆。食了会补血,会行气,最适合你。"

"啊着偌多钱?"

"你是人人尊敬的老前辈,老同志,阮主任共你拍三折,人民币一千二!"

冬瓜伯一听怀敢讲话,头低低。小黄看这个势,赶紧讲:"阿伯,怀着,阿公,人讲'有烧香,有保庇'。咱老人家着家己顾好家己。我甲你讲,这个保健品配合迄台机器,里外治疗真神奇。绝对互你上山若猛虎,落海若鳗鱼,医保卡从此放一边。"

冬瓜伯互小黄啰里啰唆讲了一点钟,倒去拿出准备互橄榄孙过生日的钱,买了所谓一个疗程,一口气啉了三日。好了，第四天就双脚拔直直，落眠床得费气。对迄日起，一日秘结一日落，一辄仔久拍哈呛，一辄仔久咳嗽。冬瓜皮冬瓜藤冬瓜籽一家伙仔拢到，赶紧送医院，住院一礼拜则无代志。

冬瓜籽要去找小黄理会，则知影個规个团队都涉嫌诈骗，已经互警察控制。即时阵，全家人则知影代志的头头尾尾，囝仔拢真歹势，感仔对老人家关心无够，钱是趁煞了，怀过老爸只有一个。

冬瓜伯不甘囝仔伤心，主动讲："'仙人敲鼓有时错'，这一摆是我怀着。一时糊涂则互人骗倒。恁工作读册放心去，我想通了，身体要好着靠家己，饮食平衡身体就无代志，乱食补药你会佮较紧死。我甲恁老母，后摆就去公园甲海边，斗阵去食空气，做早操跳舞抑是唱歌仔戏。"

大家听了，纷纷表态，一有时间就倒返来，陪老人喝仙，共老人煮菜。这正是有亲有孝一家，故事圆满结尾。怀过这时冬瓜姆突然讲："等一下，之前迄个小黄讲的甚物你的初恋，请你解释一下！"

黜篸社区之最"卤"的事

下午,大屁股阿姨跟往常一样,来跟光头嫂泡茶聊天,两个女人在光头家的阳台上边嗑瓜子边泡茶,还"牵尪仔补雨伞",远远地,大屁股阿姨看到光头父子俩走进小区,就换话题问:"煮了吗?老公孩子回家了。"

"阿姊,你眼神真好,这么远也看得出来。"

"哈哈,就那一对父子,一个模子印出来的,当然一看就知道了啊。"

"阿姊,你这样说就不对了。我觉得我们家光头弟,比较像我啊。你看他那个五官,那个皮肤,还好像我,像他爸爸那就惨咯。"

刚刚说完,父子俩就进来了。

一看两人这个表情,好像亏了三五百万,光头嫂就知道没好事:"怎么了?哦,是不是发考卷了?"

光头嘟囔:"我就说我不去接,我就猜到了,一定被老师念叨。太落势了。"

"废话少说,数学考多少?那天考完走路大摇大摆。"

光头弟大声说:"反正有进步,就差十分。"

光头嫂一听,看来有好消息:"差十分满分吗?"

光头"哼"一声:"想太多,差十分及格!"

光头嫂的脸色马上晴转阴:"语文呢?"

光头说:"就是选择题错了一半。"

"那还可以啊。"

"填空、造句、默写全错!"

光头嫂开始大声了:"你看你这个孩子!你怎么都像你爸!你这智商,你这什么基因?就不会像你阿母一点吗?"

大屁股阿姨这时候才开口:"呃,阿惠啊,你刚才不是说你家弟弟最像你吗?"

"我……我刚才说的是外表,不是脑袋啦!"

大屁股阿姨看到杀气那么重,赶紧悄悄溜了。

光头说:"我现在,做饭当休息,你去陪这臭小子订正考卷。"说完不等老婆回答,就钻进厨房开始洗鱼。

酱油水刚起锅,就听到房间里吼声几乎震破房门:"22减8,个位不够,你就不懂跟十位借一下吗?"

"妈妈,可是如果十位不肯借我,我要怎么办啊?"

"叭"一声,房间门被摔开了,光头嫂的脸比包公还黑,到厨房一把抢过锅铲,说:"卤大肠我来卤,你给我去跟他卤!"

光头进房间,看到儿子红着眼眶,温柔地说:"乖囝,不要紧张,数学现在不理解,我们先换一味。先来订正语文。"

"你看这个用'上午,下午'造句,'爸爸上午都在睡觉,下午还没精神'。除了你写的字老师基本看不懂,这个思想也不好。得改。"

"怎么改?"

"爸爸改成妈妈就行了。"

这时候,看到光头嫂笑着拿手机进来,对光头说:"你看,鸟屎他爸爸在小区的群里发这样的话。"

光头拿过来一看,写的是:

"阮兜鸟屎,生做狯歹。讲话伶俐,品性真乖。做人忠厚,人畜无害。今年十岁,光明未来。看有谁要,来招囝婿。买车买厝,我拢安排,条件一项,讲互你知,即阵领去,马上现来。辅导作业,算你的代,趁我未眩,再见拜拜!"

光头苦笑一声,打电话过去问:"什么事啊,让你气得要把鸟屎丢了。"

"还能有什么事?辅导作业啊!"

"你没耐心,就让女人来啊。"

"她说喘不过气来,去躺了。"

"哎呀,不懂的好好教就是了,何必这么大火气?"

"来,四个土豆,怎么分给五个人,你告诉我怎么教?"

"其实这就是除法嘛。"

"我家那位神童的答案是:搅成土豆泥。"

第二天,鸟屎他爸爸送他上学,主科老师都在校门口。数学老师笑着说:"鸟屎弟,今天不可以再搅土豆泥了哦。"鸟屎也不害羞,笑嘻嘻真诚地大声回答:"好的,老师。"

鸟屎进了学校,鸟屎他爸爸很不好意思,说:"我已经让他理解了。他知道怎么做了。"

语文老师说:"其实鸟屎数学思维还不错的。昨天我们填空,有一道'五( )四( )'。"

数学老师说:"五湖四海啊。这是成语啊。"

语文老师说:"他写五八四十。"

鸟屎他爸说:"哎呀,这个成语今天我一定让他记牢了。先生啊,我们家鸟屎,是不是你们遇过的最差的学生?"

语文老师和数学老师赶紧你一言我一语地抢着说:"哪里哪里,我遇过最差的孩子,是我儿子!""不,最差的是我女儿!昨天我辅导到快十二点,我那血压啊……差点没打120!"这正是:

做人父母不容易,
培养囡仔大代志。
现在囡仔拢聪明,
怀俗也无好教示。

需要耐心甲智慧，
得学教育的道理。
怀通一切看分数，
素质教育要跟起。

2003-8 鼓浪屿
(3-1) T 八卦楼　(3-2) T 日光岩　(3-3) T 菽庄花园

原创散文

你从哪里来

总是有听众问道:"这么看来,澎澎,你是个老厦门呢!"

我总会不大自信地"呵呵,算……算是吧"。

是的,澎澎生于鹭岛长于鹭岛,连大学也在厦门上。

可是,往回倒带,我终究也只算是个"厦二代"。

我的父亲来自漳州,我的祖宗宋朝末期来自江西,而更久远的祖上来自河南,更更古老的……天知道在哪个大洲的哪片森林里光着屁股摘果子呢!

那么,你从哪里来?我的朋友。

都说作为特区,厦门慢慢成为一座移民城市,也因此带来各地不同的饮食和文化。其实,厦门作为一个移民的海滨福地,起始时间远早于改革开放之时。放眼去看,整个闽南,以及闽南文化,不也都是迁移的结果吗?

这片土地更早的主人,现在被称为百越人。

多年来,坊间一直传闻,有某种外貌特征的人,才可称为真正的厦门人。虽然一直没有得到科学上的权威论证,我内心可是在揣度,或许就是指身上带着古百越人的基因吧?大家去厦门市博物馆看看,有实物为证——厦门地区，乃至厦门岛，在石器时代就有人类活动了！

如今，百越人早就是一个记忆中的概念了。深入辨析他们何去何从，隐匿或迁居于何处，那是科学家的事。我只是知道，不论是厦门人，还是漳州人，抑或是泉州人，大部分人的血缘，都来自广袤的中原大地吧。

从魏晋时期的"衣冠南渡，八姓入闽"，到陈元光大军入漳，到王审知开闽称王，一拨拨北方人或因为朝廷的征召，或因为战争使然，或因为躲避天灾，背井离乡，离开富饶、发达却纷争不断的中原，来到这个湿热、荒芜、山峦起伏却与世无争的海边。

就这样，闽南有了中古唐音"河洛话"，有了宫廷南音，有了农耕文明，有了四书五经，有了各种起源于中原的习俗，也有了"陈林满天下，苏吴占一半"的局面。

不信你可以试试，从有幸留存至今的宗祠和族谱上，就可以追溯自己身上的血脉来自何方。比如我，就是从漳州龙海的石埕祖庙和代代相传的族谱，知晓自己的血缘脉络——当然，家里长辈一次次神采飞扬的讲述也起了很大作用。

在厦门，也有许多悠久、美丽的宗祠：

集美大社陈氏大宗祠——没错，这里走出了陈嘉庚——陈家人的祖先姓陈名煜，来自河南。

同安苏氏的芦山堂——在宋代出了个叫做苏颂的科学家——这个大家族来源于一位叫作苏益的河南人。

曾厝垵的曾氏大宗祠——因为成为咖啡厅而声名鹊起——他们的祖上则来自泉州，历史上一位叫做曾公亮的祖先是宋朝宰相，编写的《武经总要》可算是中国的第一部军事百科全书。

乌石埔的萧氏家庙也是个文物保护单位，在里面探寻一番，就知道萧氏的祖先入闽的第一站是长乐，以后才继续南迁，直到厦门。

藏身于繁华闹市中的江夏堂则是个例外，它不是某一区域黄氏族人的源头，却曾经聚集起来自闽南、福建，乃至台湾的江夏黄氏乡亲——这是他们往返海外的港湾驿站。

另外，在鹭岛的市井里，在岛外各区的乡镇里，还有许多不那么知名的宗祠，都有各自特定的节庆时日、引以为豪的祖先、半虚半实的掌故传说、几本或许完整或许残缺的泛黄族谱，以及一条或者清晰或者模糊的谱系渊源。

这些或大或小的祖祠宗庙，不仅告诉我们自己从哪里来，也告诉各地游子根在何方。君不见，每年有多少批次的台胞、侨胞客居思源，回乡祭祖。

闽南人迁居而来，漂移而去，带着自家的香火，唐山过台湾，甚至侨居海外。不少老厦门的家里，都有那么一两个华侨亲戚，他们也是老厦门。我奶奶及其祖上世居鹭岛，她那些解放前就"过番"的兄弟姐妹们，还清楚地记得公园南门口的醒狮球，记得车水马龙的思明戏院，记得中秋博饼的骰子声。而他们的后代，也成为"老马尼拉""老曼谷"了。

厦门就是一座这么有趣的城市，上承漳州、泉州，八闽大地，乃至黄河长江；下接台湾、香港，乃至南洋和世界。而上下得以连接，不被岁月所截流，宗祠和族谱功不可没。我不知道自己算不算老厦门，不过我丝毫不怀疑自己对她的眷恋与爱惜。而每年那么多扎根于此的"新厦门"，以及漂洋过海闯天下的厦门孩子啊，不论你从哪里来，不论你往何处去，你们可会喜欢、可会思念这个温柔、美丽、开放、包容的海上花园？

梦回吹角连营

易中天在他的《读城记》里写道："凡是到过厦门的人，差不多都会认同这个城市是一座'海上花园'的说法；而来到厦门的外地人，差不多都能体验到一种家庭式的温馨感。"

不论是不是厦门人，对于厦门的评价与感受基本都与易中天先生所说的一样："她很小、很安静、很清洁、很温馨。"

在对城市进行拟人化描述的时候，北京一定是个爷们，而厦门，往往被用上代表女性的第三人称——她。

是什么时候起，厦门岛开始以如此温柔典雅的姿态展现在世人眼前？想到厦门，人们就想到家，想到钢琴，想到花园，想起一位美丽、内敛，又带着点洋气的姑娘。所有的金戈铁马，成王败寇，刀光剑影，都和她一点也沾不上边。

或许，最早也得从20世纪80年代开始的吧。

光阴如水，许多年轻人、外地人，都已经不知道就在半个多世纪前厦门还是个前线，或许只有在坐游艇看金门的时候，抑或在大嶝的战地观光园，才些许想起一些与硝烟烽火沾边的事。

更少人知道，从元朝设置嘉禾千户所开始，这个现今面积也才一百多平方千米的小岛，就开始了"万鼓雷殷地，千旗火生风"的命运，其时迄今已经七百余年了。

其实，关于鹭岛这个名字最古老的传说，也颇为惨烈——

白鹭把这个原本荒凉的小岛打扮得美丽动人，激起了蜷伏在海底的蛇王的嫉妒与贪欲，于是一场侵略与反侵略的战争在白鹭与蛇之间激烈展开。结局是蛇妖遍体鳞伤地落败而逃，而白鹭们也倒在血泊中。

而我们现在能看的厦门作为军事前沿留下的最早的痕迹，是明朝洪武年间驻守厦门的江夏侯周德兴所砌筑的厦门城的城墙——现在只留下短短的一段遗迹，残留在市公安局后边。

那时候，厦门岛的名字也满是兵营味儿，叫做中左所。

然后，便是抗倭战斗——并因此而留下大年初三不拜年的透着伤感的习俗。

再然后，一位胸怀大志、文韬武略的年轻人来到厦门，以鹭岛为起点，开始了使他千古流芳的伟业。

他的名字叫郑成功。

日光岩、走马路、万石岩、洪本部……鹭岛有太多关于这位民族英雄的传说与史实的古迹。

最集中的，无疑就在厦门港到白城这不大的一片区域内。

这里的许多地名和历史遗迹都披着一层威武肃杀的兵戎之气。

演武路、演武场、演武池、演武亭遗址、嘉兴寨、"练胆"石碑……如果你的想象能够穿越时空，你就可以感受到四百多年前的万丈豪情：战马扬蹄奔腾，战船巨舰上军旗猎猎，国姓爷的铁军列阵齐整，威武操练。

沧海桑田，当年据说可以容下几百艘战舰的演武池已经成为一汪社区公园里的小湖，马作的卢、弓如霹雳已经成为过去，取而代之的是全国最美高校之一的学府，以及颇具文艺气息的各种小店。

成为如烟往事的，还有郑成功曾经的部将，因为收复台湾而名垂青史的靖海侯施琅所建的福建水师提督衙门。这个大清帝国海军最重要的机构之一的所在，如今已经矗立起公安局大楼，留给当代人的，只有一对见证历史的石狮。

还有鸦片战争时期购买的德国克虏伯大炮，当年是中国的"天南锁钥"，现在则是厦门旅游界的老牌明星。

另外，民族英雄陈化成故居内练武的石胆、小刀会义军击杀清朝军官的白鹿洞石桥、三大姓氏争霸械斗过的码头、大嶝岛上昔日炮火连天的战地，等等，等等，都记录了小岛厦门阳刚、铁血甚至壮烈的曾经。

而今，风云已成往昔，岁月洗尽铅华，当历史过滤完该过滤的，沉淀下该沉淀的，厦门卸下铠甲，放下刀剑，慢悠悠品一泡铁观音，轻缓地弹一曲钢琴曲。

只有眼前的三角梅，绚烂依然。

当世人赞美她的安宁、从容、秀美的时候，她揣怀着记忆淡然一笑，只有偶尔在睡梦中，才回到那曾经的吹角连营。

鹭江一隅穿越记

当夕阳温柔地依偎在日光岩肩上的时候,我在鹭江边上独自喝咖啡。

眼前各地的背包客来来往往,楼上的各色餐厅门口,俊男靓女们拿号排队。

双向车流龟速挪动,长得不见首尾——鹭江道又堵车了。

而被斜阳渲染的鹭江,不时被呼啸而过的快艇割出一道道又白又长的口子。

可是,当我的眼睛被头顶上那块巨石上的"水天一色"四个大字吸引之后,浮现的是另一幅景致——

一样的黄昏日暮,只是没有游客,没有快艇,也没有鹭江道。

我坐的地方,就是海岸,涨潮时海浪摇曳,退潮时是一小片滩涂。

"水天一色"四个大字齐全完整,不会像日后那般,"色"字只剩头上那把"刀"。

巨石连着水仙宫——那是祭祀各路水神的庙宇。

乾隆版《鹭江志》记载:"水仙宫在望高石下,坐山面海。祀大禹、伍员、屈原、项羽、鲁班诸神,明初所建。迁界令卜,海边诸庙俱废,此独不毁。"

可是，水仙宫后来还是在厦门的市政建设大潮中消失了，只留下水仙路这个地名，以及石壁上大小不一、形状规整的凹槽——那是庙宇梁柱的榫位，算是水仙宫给历史留下的一抹残影。

而边上的西武殿倒是会保留很长的一段时间。

西武殿祭祀的主神是玄天上帝，也就是真武大帝。据说庙里的这尊玄天上帝在涨潮的时候特别灵验，于是被称为水涨上帝宫。

因为和海亲密接触，所以这一带的庙宇，都与海有关。远赴台湾海峡捕鱼的渔船、唐山过台湾的生意人，甚至远下南洋的"番客"，不论出海还是归航，都会来到这些宫庙里祝祷，而他们的家人在其远航的时日里，也会不时到这里寄托自己的担心和思念。闽南谚语曰："行船走马三分命"，没有这些庙宇，在海上奔波辛劳的人们心灵深处去哪里找一个避风雨的港湾呢？

当然，除了有庙宇、海滩、一船船的货物和一箩箩的海鲜，这一带可还是厦门的繁华商业区呢——就跟21世纪一样——寺庙、茶行、钱庄、饭店、酒楼俱全，渔民、商人、老式文人和新潮学子、角头好汉、交际花、各国人士络绎不绝。白天各种商洽与忙碌，错综复杂的阴谋阳谋轮番上演；晚上纸醉金迷，娱乐活动精彩纷呈。

不过经常在这一带活动的人都知道,这里除了摩登、喧闹、繁华,还留存有一处安静的遗址。

那是清朝初期留下来的遗迹,当时这里隐居着一位叫做阮旻锡的诗人兼茶人。

厦门人阮旻锡作为曾经的国姓爷的幕僚,不像陈近南那么声名远扬,但是他对于乌龙茶的研究,对后世影响很大。

当事业沉沦低谷,心碎了无痕之后,阮旻锡隐居武夷山,甚至削发为僧。在参佛的同时,以研究茶叶来排遣忧苦。他的作品《武夷茶歌》和《安溪茶歌》是福建茶史上的重要著作,以至于后世研究者将乌龙茶诞生的时间确定在明末清初,主要依据正是这两首茶歌。

这位事业上失意的才子晚年回到他曾经为之奋斗的小岛上,就在这里品着清茗,看着鹭江潮起潮落,在五味杂陈的回忆中度过余生。

我们不知道他的宅子是草屋还是红砖厝,只知道名为夕阳寮。

夕阳寮遗址和水仙宫都在望哥石的下方。

望哥石虽然海拔不高,在这个小岛上却足以称为"望海高地"。因此,这里从前称为望哥山或者望高山。

登高远眺的,大多是辛苦操劳的女子。她们一天又一天地在此翘首期盼过番或者打渔归来的丈夫。就如上文所述，在看不到要等的那一艘船破浪而来之前，她们把牵挂和思念交托给庙里的神明和眼前这一片碧绿的鹭江水。

不过不久前这里刚有了一个新名字，这个名字将取代原先的名字，流传下去。

同文顶。

这是因为这里刚由叶清池、黄奕住等几位声名显赫的华侨绅士发起创办了一间同文书院。

同文书院聘请了"红毛仔"先生来管理执教，这里有本省第一个水泥篮球场——虽然大部分人还不知道篮球为何物，还有第一台叫做无线广播的新奇设备。

日后，同文书院将会建设大学部，成为福建第一家现代意义上的大学。再往后，它将改组成同文中学，培养出一代代同文学子。

和这间学校一起流传下来的，还有"望哥石"三个饱含相思情义的大字。

这就是百余年前的鹭江道一隅。

当附近海关报时的钟声响起，我的思绪回到了当代。

或许那时候的人，对于这个地方的感受和今人没有太多差异吧？这里一直都喧哗着、时尚着、包容着。只是当年的东西，今天成为遗址，而今天的东西，是不是也会在多年以后成为遗址呢？比如这几年休整起来的新领荟广场上的大气阶梯，和同文中学社会科学大楼顶的那个大球？

　　咖啡喝完了，我拐入水仙路，穿过泰山路，往小走马路的方向步行。人流依旧如织，各种促销的音响轰鸣。在这一片熙熙嚷嚷的背后，我又能发现一些什么从前的都市地标，今日的历史遗迹呢？

谁是谁的谁

在这个燥热的初冬回到龙海老家的时候,祖父辈硕果仅存的叔公郑重地送给我新修的家谱。一改老顽童似的诙谐风格,语重心长地说:"我们都没什么文化,你喜欢历史文化,希望这家谱对你有点帮助。"并意味深长地说:"你再要一个,咱这一房,就不会断了。"

我一面怀着敬意接过这本厚重的书,一面又偷偷觉得老人家这话挺可乐。

因为身为一名"80后",我真的没有一丝半毫传宗接代、延续香火的观念;而且,不像旅居海外的侨胞,生长于闽南的我也没有追溯"我从哪里来"的渴望——且算是身在福中不知福吧,当然也可能是信仰使然:怎么追溯,到最后不是归宗于伊甸园中的那一对始祖嘛!

不过,对于我的祖上,我却不算太陌生。

小时候,爷爷天天跟跟我说故事。除了孙大圣和姜子牙,他还经常说起自己的父亲。

爷爷说,他的父亲江成竹,是龙溪县商会会长,还是个民防团团长。去石码开会的时候穿着长衫拿着拐杖;带领民防团则佩戴驳壳枪,骑着军队送他的战马；回到家就马上换上短衣，拿起锄头下地。

爷爷很少提及他的父亲早年在商界和政界的显赫与嘉誉，基本不说他在十年浩劫里承受的炼狱般的苦难，更多的是说一点家庭琐事：比如他家允许仆人同桌吃饭，这在那个时代的乡绅里是不多见的；比如他家的那只能自己飞到市场吃肉屑，再飞回家安歇的八哥……我至今记得，曾祖父的马夫有个很江湖的名字：金蛇。

而长大以后，我从族亲长辈那里听得更多的，却是明代万历年间的一位远祖：江灏。乡人更习惯称呼他为江禹文。

这位老祖宗的故事充满传奇色彩，什么"一日天子"，什么"智斗涂吏部"，其中有一半事迹纯粹就是民间流传的轶闻，不是虚构就是把简单的经历添油加醋得颇具戏剧色彩。我想，列祖列宗中此公最受推崇，故事最多，除了官做得大一些，更主要的是与他开墟港尾，把一个海滨小村子建设为一个富足的鱼米之乡有关吧。

这几年去了宗祠，采访了祭祖大典，看到了古早留存下来的残破族谱，对更古远的祖上也有了更多认识。

中华血脉与姓氏是一门繁杂的学问。最基本的常识之一，即所谓同姓不一定同宗，同宗不一定同族。

江氏自然也有不同起源。

我家这一脉，源于黄帝，出于嬴姓，奉伯益为祖，以国为姓，以"淮阳"为堂号，有别于翁乾度所传的"六桂堂"子嗣。先祖的兄长，是南宋末年出于江西的名臣，投水殉国的江万里。作为理学名宦的亲弟弟，一样是国家重臣的江万载连同陆秀夫、张世杰等拽着赵氏龙脉南逃，最后隐居于闽南——传说是因其风浪之中跃海中救端宗，至此君臣失散——从此开始了又一脉江氏在厦漳两地的繁衍。

从前，听这些故事的过程对我而言是充满乐趣的，和听岳传、听三国的体验没两样；后来，我再次接受这些信息的时候，心里却多出沧桑感慨。

每一位先人的拼搏、迁徙、抗争、苟且、荣光、悲凉，特别是他们如浮萍一般随着时代而起伏跌宕的人生，既跟我们这些子孙一样，又很不一样。

是的，不论生活在什么年代，不论是平头百姓还是社会精英，谁的人生写不出几篇五味杂陈的故事呢？

翻开这本约四斤重的厚厚的族谱，那些蜘蛛网一般的谱系，那些枯燥且大部分陌生的人名对于别人来说，代表的是血缘的联系。而对于我来说，是隐藏着一个个大大小小的故事的网。透过网眼，触摸那些往事，无疑是艰难而充满趣味的——甚至有一种侦探揭秘的刺激感。

让我慢慢探寻吧，不追问谁是谁的谁，重要的是故事挺迷人！

2008-14 海峡西岸建设
(4-1) T 闽江胜景 (4-2) T 厦门港口

一样的月光

记得读中学的时候,英语课本里把中秋节翻译成Mid-autumn Day。现在想来,干瘪无趣,韵味全无。饱含着团聚、温情、圆润的月光的"中秋"的美丽与魅力,荡然无存。

这诚然是中西文化差异上的沟堑使然,而作为中国人的我们,当下还能感受到多少"中秋"的美好、温馨与浪漫?

"中秋"能不浪漫吗?中国人天生就对夜空中的女神——月亮有着格外的兴趣与感情,月亮的柔美与神秘勾起一代代士相、文人、雅客和小百姓的酒性和诗意,激发出多少名垂千古的名篇佳句,衍生出无数罗曼蒂克的野史和传说。

而中秋节,是我们的传统中和月亮关系最直接的节日。

地球人都知道,厦门,是最热衷于过中秋的地区——就有如泉州过元宵最热闹、广西对三月三最有感情、开封重阳节最隆重一样。

厦门人也不缺浪漫,古时候就有"虎溪夜月"的景点,中秋夜到虎溪岩赏月是"老厦门"的传统。传说中秋夜12时,如果见到月光照进虎溪岩下伏虎洞中的虎口，来年都有好运相伴。

不过，好似如今的厦门，在中秋节里眼睛更多盯着的是碗里的骰子，而不是天上的"月娘"。连寓意团圆的月饼现在都鲜有人吃，成为流通于人情世故中的礼品，高挂在天上的月亮又有几人在乎？"月娘月光光"的童谣还有几人会念？还是再掷一把，得个"五红"来得实在。

博饼的习俗，如今已经随着时代的开放而远播大江南北，足见其魅力。博饼也使中秋成为厦门最具开放性的传统节日——而非像其他节日那样让厦门人关起门来搓麻或酌酒。大街小巷应接不暇的"叮当"声好似在宣告：厦门人也有很high（嗨）的一面！

至于虎溪岩，估计很少人还会在中秋夜登上去望月了。

或许这也是风俗的奇妙之处，重阳节能成为敬老节，七夕能成为情人节，中秋节为何不能成为联谊同事、相会老友、热火朝天的狂欢节？

只要还念想着家乡，只要还关爱着双亲，只要心中总有一个"但愿人长久，千里共婵娟"的美好祝愿，用什么方式来过中秋节，都没有问题。

反正，不论你看还是不看，月亮都在那里。

从千年前拜月祈愿，到现在聚会博饼，中国人沐浴着的，都是一样的月光。

那一辣的风情

什么！要谈厦门的辣味料理？

别鄙视，说到中华辣味，大家当然想到西南川湘，但是厦门自古也有自己的香辣诱惑啊！

当然了，厦门的辣，没有湖南四川那么猛烈。辣这种滋味在厦门，自然有一番属于海滨柔美的style（体系）。

如果你的早餐是面线糊的话，有可能在一大早就品尝了点辣味咯——面线糊加点胡椒，这才正味嘛！再配根油条，香辣脆俱全，全新的一天有了一个心满意足的开始。

胡椒跟汤汤水水是绝配，锅边糊、手工面——土话叫"白面"、咸稀饭、扁食汤、鱼丸汤都很喜欢这位阳刚中带着温和气息的搭档。闻名遐迩的漳州卤面更是离不开胡椒。对我来说，卤面不下点胡椒，简直跟不放盐一样难以下咽。

当然了，有一种面跟胡椒合不来，那就是厦门小吃的代表之一：沙茶面。

沙茶这东西或许写成"沙嗲"更合适，本来就是马来语的音译嘛！

虽然没有确切的历史时间，但是我们知道，当一船船的"番客"来往于闽粤和南洋之间的时候，沙茶就从南洋诸国随着华侨和马来人来到厦门。一道远来的，还有沙茶的亲戚——咖喱。

沙茶跟虾面鱼水交融，就成为沙茶面。窃以为，沙茶的香气一飘起，碱面的那一份奇怪的碱味就消失无影了。而沙茶做酱，可以沾蘸"灌肠"、叉烧、油葱粿；到了潮汕，蘸牛肉丸、粿条，也都是美味的催化剂。

至于咖喱，可以和土豆一起炖牛肉、鸡鸭，而且闽南话不叫炖，这个动词叫"ging"！记得小时候，吴再添有一款好吃又管饱的料理，就是咖喱饭。米粒金黄，再加点爆炒过的飞薄的三层肉，奶奶说那是最容易喂我的一种主食。

不过说到主食，有一大类更愿意和甜辣酱搭配：炒米粉、炒面、各种咸干饭、烧肉粽、厦门独具特色的炒面线……吃货驴友一定要品尝的春卷也跟甜辣酱绝配。

我不是太喜欢甜辣酱，但是我觉得这是颇具厦门性格的一种辣，事实上我也不曾在其他地方见过这样的辣味：就算是辣，也得辣得有清甜的气息。

看，如果以上述好料来当午餐，你不又有辣一下的机会了吗？

如果觉得以上各种辣都小case（事），不足一谈的话，那咱就隆重请出芥辣兄！

这位哥们应该是东瀛一大主流吧？我也没去细究是不是从日本跨海南下而至，但是我见过号称无辣不欢的湖南朋友一口呛个眼泪鼻涕齐飞的场景。但是夏夜里蹲路边的排档，就着冰啤酒和八卦闲话大啖土笋冻、白灼章鱼，不来一点芥辣，就感觉提不起味来，而且，芥辣的呛味还可以帮助面对土笋冻心里发毛的食客扫除一点心理障碍。

以上所谈，包括没有细说的蒜蓉，都是打从我出娘胎起就见识了的厦门传统的辣味。没错，这些辣其实都是佐料，起的是为美食画龙点睛的作用。厦门料理不缺辣，可是辣也从来都不是厦门菜的主角。

一直到了20世纪90年代末，品尝了一种叫做麻辣火锅的美味，我才知道以辣为主角是一番什么样的滋味。从那时候起，各种不同风格的辣味就随着来自天南地北的特区建设者蜂拥到厦门来。麻辣、香辣、酸辣……各种风格的辣味各显神通，各有一波忠实粉丝。这些粉丝除了来自各地的新厦门人，老厦门也不占少数。

厦门餐饮，开始迎来辣味时代。迎接并接纳各种辣，厦门应该是闽南地区的先行者。我们虽然不激进，不太喜欢标新立异，但是我们包容，我们乐于尝试。因此，厦门才能兼收并容，成为一个海纳百川、丰富多彩的城市。就像辣一样,我们没有忘却鸭肉粥里的胡椒和春卷里的甜辣酱,我们也喜欢麻辣香锅和泡椒田鸡。

这不很好吗?

2008-14 海峡西岸建设
(4-3) T 会展中心 (4-4) T 闽台缘博物馆

做鸡得笼，做人得反

至今也没有一个定论，来说清楚为什么十二生肖里有鸡却没有鸭。

这是一篇关于鸡的文章，从鸭说起，那是因为鸡和鸭、猫和狗、狮和虎，总是能引起比较的兴趣；更因为对于闽南人——至少对厦门人来说，鸭是一种更日常、更平民化的动物。

其一，在厦门人的观念里，鸡略有毒性和火气，不是人人适宜。因此炖鸡前必须去"五针"——嘴、翅尖和爪尖都得斩掉。更小心的，连鸡头也不要。据说最毒的就是鸡头部分，特别是那红彤彤的鸡冠。

其二，在传统观念里，鸡又显得更有身份。

因此在平日饮食里，鸭是主流，咸水鸭、卤鸭、姜母鸭、鸭肉粥、鸭肉面线……林林总总，下饭下酒皆宜，随和得任你用不同方法、不同佐料各种折腾。

而在民俗节庆中，鸡就是主角，喜宴中得上了鸡汤才让新人敬酒，祭祖酬神得有全鸡，围炉也喜欢摆只鸡，乃至重大礼节中所用的蛋，也喜欢用个头不大的鸡蛋——而且，不像鸭子的做法那么五花八门，一般就是炖汤或者清蒸这两种方式。至于产妇吃的麻油鸡，那是特殊时刻的特殊用途，属于例外。

据说北方人和西洋人吃鸡都多于吃鸭，而身为闽南人，属鸡的我确实更多的是吃鸭，也更喜欢鸭肉。老中医认为鸭肉更温和，或许也因此更平易、更百搭；鸡肉更补，特点鲜明，优缺点都突出，或许也因此更"傲娇"，更上得了台面。

不过这样地突出鸡的地位，中国人不是没有根据的。

中国人说，鸡是"五德"之禽。"首戴冠者，文也；足傅距者，武也；敌在前敢斗，勇也；得食相告，仁也；守夜不失时，信也。"从古至今关于鸡的诗词和名画层出不穷，且看《西游记》如何描写昴日星官这只大公鸡：

"花冠绣颈若团缨，爪硬距长目怒睛。踊跃雄威全五德，峥嵘壮势羡三鸣！"

好家伙，威风得让我想起叔公曾经养过的斗鸡，和邻居家那只把五岁的我追哭的大公鸡。

可是离开文人的诗句和画家的笔墨，到了民间，就变成"鸡槽内收不住涂蚓""生鸡蛋无，放鸡屎有""阉鸡趁凤飞"……"雄鸡一唱天下白"的英武气势没了，洒一把米就招引它们熙熙攘攘争相啄食的烟火气息却扑面而来。

这种场景可以追溯到我最稚嫩的模糊记忆中。当听到母鸡"咯咯"叫的时候，奶奶就去鸡窝掏出蛋，并吩咐我洒一把米去慰劳慰劳,"补补身子"——印象中母鸭可没有这样的待遇。

此外,另一个待遇上的区别,是人们把鸡细分为好几个阶段:除了"鸡母"和"鸡角"之外,未发育的小公鸡叫做"鸡豚仔",未交配的小母鸡叫做"鸡澜仔",刚打鸣的小公鸡则称为"鸡角仔"。按照这样的划分,对应着不同的功效——长身体进补、孕妇进补、产妇进补,或者"感觉身体被掏空"的老大叔进补。

进补、上大桌、呼唤日出,这就是自古以来鸡的贡献。这样的贡献让它登上生肖宝座,让它成为人最离不开的动物之一。可是不论人如何看待它,不论结局是被清蒸还是爆炒,它依然不摆谱、不懈怠,忙碌着自己的忙碌,天天翻着草丛到处啄食,以身作则地告诉你我:"做鸡得笼,做人得反!"

原创童谣

一、四季新童谣

春天

到春天，枇杷有够甜，娘仔会吐丝；
到春天，有时壁流汗，有时雨绵绵；
到春天，桃花杏花开，一年新开始。

热天

热天有够爽,落海来嘭嘭。

着跟大人去,泅水莫冲狂。

西瓜会起沙,荔枝红贡贡。

空调莫直吹,食冰着适当。

秋天

课本讲,秋天箬仔落,规日搧北风。

咱厦门,秋天犹真热,树箬无啥黄。

秋天好风景,云白天也清。

四界有开花,蟳蠘当有仁。

一直到霜降,短袖佮咧穿。

寒天

寒天气候冷,怀佫不结冰。
寒天日头短,怀佫无落雪。
寒天比较凋,静电电麻麻。
寒天来食补,药膳乌卤苏。
寒天少蠓虫,芦柑当是红。

二、落雨天

落雨天,无带去。
安妈拍卤面,安公看电视。
我咧学写字,写了无代志。
爸爸!妈妈!怀通按手机,来甲我行棋。

三、露 螺

大雨一阵过,壁角趣来一只露螺。
请伊食饼,请伊食茶,请伊看我的尪仔册。
伊拢讲:"无闲,无闲;歹势,歹势。"
背伊的厝直直爬。
爬上老榕树,老榕树嘴须一大把。
"露螺,露螺,你爬赫尼高,是要创啥货?"
"热天来了,我要去找我的老朋友蝘蜅蜋。"

四、等

春天则尼水,四界有花蕊。
这位小朋友,你咧等什么?
　　等娘仔出壳,
　　等草仔发引,
　　等露螺爬树,
　　等蛤蛙出世。

五、食饭皇帝大

食糜饭,皇帝大,吃饭规矩讲你听。
坐定定,手捧碗,吃饭呣倘四散行。
一粒米,一支菜,吃清气莫漏下怀。
呣看手机减讲话,没留碗底才算乖。
养成损荡坏习惯,就得甘苦一世人。
妈妈讲的甘有影?扒没清气嫁猫尪!

六、羊仔囝

羊仔囝，咩咩吼。
拍针伓通哭。
只是小可疼，
健康最重要。

七、阿兄让小妹

阿兄让小妹,若无爸爸骂。
逐项你占赢,无一项我的!
敢怀生阿姊,我做小宝贝?

八、办公伙仔

我来煮,你来食。
我做妈妈,你是阿狗囝;
我做先生,你是学生仔;
我做医生,拿针给你拍。
弟弟免惊疼,拢是佚陶办公伙仔。

九、世界一流

听讲较早，厦门无则侪车；
阮阿祖做生理，拢是行路担担。
听讲较早，厦门无则侪桥；
只有一条海堤，来互大家出岛；
听讲较早，厦门无则尼水；
若是落起大雨，厝内漏雨厝外积水。
老师讲阮，即阵上好命。
读册佚陶，拢有好条件。
我会乖乖，我会拍拼。
只是有时会想——
等我大汉，厦门是甚物模样？
应该佫较美丽，佫较四是，绝对世界一流！